おいてけぼりの錬金術師

Oitekebori no Renkinjutsushi

3

ている

Illust. 布施龍太

シャクティール=
ダランベール
ダランベール王国の
第二王子。
どちらかといえば
体で考えるタイプ。
ジェシカ=
クローウィン
道長達と行動を共に
することになった女性兵士。
元貴族で、没落した男爵家の
末娘だった。

リアナ
主人公が作り出した
ホムンクルス。
道長を第一として
行動する癒し系。
光道長
（ライトロード）
異世界においてけぼりに
されてしまった錬金術師。
普段は比較的冷静だが、
時には熱い一面が
顔を出す。

「イドリアル様！　なんという高潔にして甘美な響き……」
イドリアル
Sランクの冒険者。一騎当千の力を持つ戦闘民族であるエルフの少女。
エッセーナ＝ハイナリック＝シルドニア
シルドニア皇国の第二皇女。ある理由からイドリアルを崇拝している。

おいてけぼりの
Oitekebori no Renkinjutsushi
錬金術師
3
ている
Illust. 布施龍太

CONTENTS

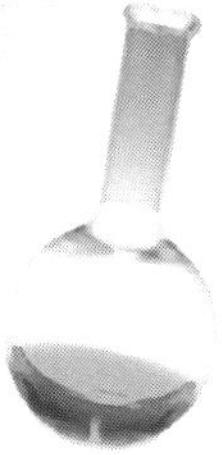

Oitekebori
no
Renkinjutsushi

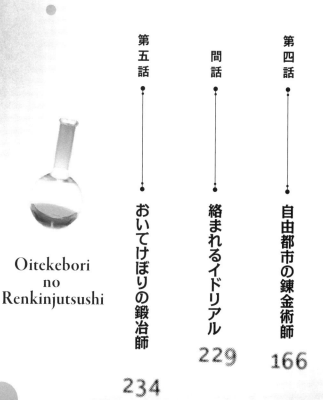

プロローグ

prologue

『おお、見えて来たぞ。あそこがそうだ』

巨大と称するにも馬鹿らしいほどの大きさを持つ白い竜、ハクオウの先導の下、オーガの島から出発して約三日間の空の旅。

オレ達が乗る【ロードボート】から見える地平線の先に、大陸の影が飛び込んできた。

「本当に着くものなんだね」

目を丸くするのは、このロードボートを守るために幻術を発動しているオレのクラスメート。幻術師の相良《さがら》エイミーだ。

蘇生してから早一年、体も成長して前以上に女性らしい特徴を見せびらかすワガママボディの持ち主だ。

風になびくブラウンのウェーブがかった髪を手で押さえ、ブルーの瞳でオレと同じ先に視線を向けている。

「すっごいね！　この船もすごいけど！」

「まあ船っていうか海空艇だけどね」

ロードボートの名付け親。エイミーと同じくオレのクラスメートである大盗賊の川北栞《かわきたしおり》。

彼女は並んで飛ぶハクオウの頭から、空中を蹴ってこちらに着地してきた。

元々黒髪の彼女はオレと同様に髪を染めている、驚きの薄いピンクである。本人曰く『ヒロインといえばっ』の色らしい。知らんがな。

可哀想なほどに成長していないその姿で、栞は元気に動き回っている。

たまに肉体が成長しないのはオレの蘇生薬のせいだとか言われるが冤罪だ。

エイミーはこんなにもばいんばいんになったんだから。

ロードボートはオレの作った魔道具だ。

冥界に存在する空飛ぶガーゴイルの体と魔鋼鉄とミスリルとか浮遊石とか色々なファンタジー素材を存分に溶かし合わせた特殊合金でボディを作り、セーナのフルアーマー状態に使用するエーテルボトルを更に大型にし、燃料にして稼働する空飛ぶ船だ。

以前作った小型の船舶を空を飛べるように改造、というかほぼ作り直した船である。

「帆がないのが気に入らないけどね！」

ない胸を張りながらも、新しい土地に目を輝かせる栞。

「別に自然風で走る訳じゃないから邪魔なだけだろ」

飛行も操舵もすべて魔力で行うのだ。エンジン部分に燃料代わりの魔力さえ通過させれば動くのだ。帆など飾り以外の何物でもない、むしろバランスを崩す要因になる。

「ライトの作った物の中でこれ以上に驚いたものはない。まさか空を飛べる日がくるとは」

見た目の変わらないもう一人、イドリアルが呟くのも分かる。

「理論は前からあったんだけど、空は危険だったからなぁ」

彼女は世界樹の守護者と称されるエルフの一族。オレの旅の同行者だ。

短く整えられた金髪をなびかせ、まるで精巧に作られた人形のような整った顔立ちの綺麗な女性。

こちらの世界で知り合ったイドだが、栞とエイミーと同じくらい大事な女性だ。

イドに言った通り、この世界の海と空は未知の領域だ。

海中には陸上では考えられないほどの巨大な魔物がうようよと泳ぎ、常に危険が付きまとう。

魔物を避ける魔道具もあるが、強い個体には通じないので確実性が不足している。

ゆえにダランベール王国でも、戦船はたったの三隻しか建造されていない。

空も同様に危険地帯だ。

なんと言ってもこの世界、ファンタジー世界のド定番、空中を漂う島が存在するのである。

そしてそこには、空中での生存に特化した魔物が棲んでいる。

陸上と違い食べ物が限られた世界らしく、空中の魔物は常に飢えているので、動くものには見境なく襲い掛かる傾向があるらしい。

もちろん全種類がそういう訳じゃないが。

今回は大空の覇者であるハクオウを護衛にし、エイミーの幻術で船を隠す事で安全な空の旅となったのだ。

それでもハクオウに襲い掛かる恐れ知らずも多少はいる。

『さて、我はここまでだ。この先は別の王竜の空域でな、挨拶をしてもいいが、手土産もなしでは攻撃されかねん』

「ああ、そうなのか？　なんか手土産出すか？」

魔法の手提げの中や工房には色々と不良在庫が残っている。

『いや、気難しい奴だからな。ミチナガ、もし会うようであれば気を付けよ』

「怖い事言わないでくれ」

王竜で気難しいとか扱いに困るじゃないか。ぶっちゃけ天災だ。

『十分に注意せよ』

「分かった。道案内ありがとう」

『お前の役に立てたのであれば、望外の喜びだ。ヒロミの友だからな』

「今は、オレとお前もダチだろ?」

『ふ、ふはははは！　それもそうだな。我が友ミチナガ』

王竜であるハクオウは目を細めると、その場で滞空姿勢に入り一声吼えた。

『また島に来ると良い』

「ああ、またな」

「はくはく！　ありがとー！」

「ハクオウさん、感謝します」

オレ達が手を振ると、その巨体を翻して颯爽と飛び去っていった。

目に見える範囲で、飛行タイプの魔物もいないし、ハクオウ抜きでもとりあえず問題ないだろう。

新大陸を目指して、セーナがロードボートを走り進めていった。

第一話　新大陸の錬金術師

「さて、どこかで着陸地点を探さないとな」

無事に新大陸に到着したが、見た限りでは街の形跡は――。

「あそこ、港町じゃない？」

あった。

「樹海に飲まれているみたいね」

「元々ダランベールと国交があったらしいからな。その名残じゃないか？」

「ん、エルフも何人かこちらに渡ったらしい。知り合いがいるかもしれない」

「まあ滅多な事がなければいるだろうな」

エルフという種族は寿命も長いし魔法も使えるし戦闘能力も高い。

「海上で船が破壊されてなければ」

「ああ、その心配があったな」

『ご主人様、接岸する？　それともどこか平らな場所を見つけて着陸？』

「上からぐるっと確認してみて様子を窺おう。その後で平らな場所を探そうか」

『了解』

管声筒からセーナの声が聞こえて来たので指示を出す。セーナはオレに忠実なホムンクルスだ。

この水空艇は分類上武器扱いになるらしく、バトルマスターの才能を引いたセーナが一番操舵が上手かったので任せている。

オレにもセンスはない事もないが、オレが操舵すると揺れが激しく、酔う。エイミーの運転も同様に、酔う。

無難な運転をするのはイド。

リアナはスピード狂で速度を出したがるから任せられない。

一番無茶苦茶な操舵をするのは栞だ。

操舵室の造り上、イリーナは台がないと手が届かないので無理。

「あるじ、蛇」

「ああ、デカイ蛇だなぁ」

ジャイアントパイソンの亜種か何かだろうか。胴体が太く全長が確認できないほどの大きさの蛇が地面をクネクネと進んでいる。

「あ、こっち見た」

「気づかれてない？」

「幻術はかけているけど」

その蛇は舌をチロチロさせてこちらの方を見ている。というか気づいてるなこれ。

「蛇って、目はあんま良くないんじゃなかったっけ」

「そんな事を某園長が言ってた気がするー」

「視覚を誤魔化す幻術しかかけてないから」

「気づかれてるわね」

「セーナッ！　結界発動！」

『了解！』

オレの言葉に呼応するように、その巨大な蛇は顎が割れんばかりに口を開き、船に襲い掛かって来た。

「マジか！　この船を飲み込む気か⁉」

「そうみたいね」

『結界を発動！　衝撃に備えて！』

オレは横に立っていたエイミーの腰に手をまわし、抱き留めつつも開いてる手で手すりを掴んだ。

「ひゃあ！」

「くそ、やっぱ固定できないのが辛いな！」

飲み込まれるのは防げたものの、体当たりを食らって空中を後退。船は左右に揺れながらもなんとか水平を維持する。

「このぉ！　装脚！」

そこから飛び上がるのは栞だ。魔道具であり武器でもある銀斬脚甲を展開させて空中を蹴り上げ、空を駆けだす。

「続く」

続いてイドもボードタイプの飛行板を空に投げてそこに着地。

「脚部固定」

そして風の魔法を駆使し、空を滑るように進んでいく。

「あ！　イリーナも！」

「お前はここで船の護衛だ」

「はぁい」

イリーナも出ようとしたので制する。

セーナが操舵に集中している以上、直接的な戦力となるのはイリーナだけだ。

結界で船は守られているが、イリーナは待機させる。

「援護します」

つないでいた手を離し、腰に誘導してきたエイミー。オレは頷いて体を支えてあげる。

エイミーは左手の袖をまくり、そこに付けていた札のついた魔道具を展開させる。

これもオレの作ったエイミー専用の幻魔弓。エイミーの幻術が込められた札をより遠くに飛ばし、正確に運用する為に作成した魔道具である。

「蛇なら熱でしょうか？」

「かもな。舌と鼻に似た器官で相手の位置を捕捉しているはずだ」

オレの言葉に、近い距離で首を縦に振ったエイミーは、蛇に向かって札を放った。

蛇の鼻先まで一直線に進んだエイミーのお札は、真っすぐに蛇の顔に命中。瞬間、蛇が顔を仰け反らせて、体を大きく持ち上げて尻尾で地面を何度も叩いている。

「何の幻覚を見せているんだ？」

「たぶん熱でこっちを感知していると思ったので、顔から炎に包まれている幻覚を見せてます」

「ああ、なるほど」

エイミーの幻術は、相手にそれを完全に信じ込ませると現実化する。

炎に囲まれた蛇は、自分の体が燃え上がってると思い込み、熱を勝手に帯び出す。鱗の表面が焦げ付き始めている。

これは蛇の鱗の体温が、蛇の思い込みにより数百度まで上がった事による現象だ。

「ナイス！　イドっち！　合わせて！」

「ええ」

「首を斬ってくれ！　目や胃袋は何かの素材になりそうだ！」

オレが大声で二人に声をかけると、やれやれというリアクションの栞と呆れた表情のイド。

「じゃあ、この辺で！」

「この剣を使うのも久しぶり」

イドは腰に差した剣を抜いて、その剣先に白銀を宿す。

一方栞は、刺々しく、長い刃が脚甲から飛び出す。蛇の首を蹴りつける動作で切り上げると、同時に反対側からイドが剣を振り抜いた。

「そーれよっと！」

悲鳴も上げず、首を切断された蛇の瞳が左右に動く中、空中で頭の部分を両手で受け止めた栞。

「まだ体が動いてる」

「これで死ぬか？　それとも再生するタイプか？」

大型の蛇の魔物は首を斬っても再生するタイプがいる。

びっちんびっちんと跳ねる体が、周りの木々や倒壊しかけている石造りの建物を崩しながら、悶えまわる。

被害甚大だ。

「少し様子を見るぞ、巻き込まれるとキツイから今の位置より上昇だ」

『了解しました』

大蛇と呼ぶには言葉が足りない、スーパー規格外の蛇の体が動きを止めるころには、開けた更地が完成していた。

茉の受け止めた蛇の頭も完全に息絶えているので、これでもう問題はないだろう。

セーナに声をかけて、念のため結界を張ったまま着地をする。

茉とイドが蛇の死亡を確認すると、オレは頷いて新大陸に足を降ろしたのであった。

◇◇◇

「どうするの？　ここを拠点にする？」

船室の中にあるリビングで食事を取る中、茉が疑問を投げかけてきた。

「港町だから、書物の資料が保存されてるって事はないだろうからな。そんなに期待はできないと思う」

「そうですよね。潮風で羊皮紙やこの世界の質の悪い紙は、たぶん劣化しちゃってると思う」

「残っていても、あまり期待はできなそう」

イドの言葉にオレも頷く。

ダランベール王国の王城の図書室や魔導師ギルド、月神教の禁書室などで見つからなかった、元の世界の日本へ帰るためのヒントが、こんな朽ちた港町に落ちているとは思えない。

ちなみにイドにはオレの事情も話している。

異世界から召喚され、唯一こちらの世界に残ったオレは、死んだ仲間を蘇生させることを目的にクルストの街を拠点にしていた事、そしてそれを成しえた今、元の世界に帰るための手段を探していることも。

オレの言葉を聞いた時、イドはハッキリとした口調でこう言った。

『協力する』と。

その行為に甘えている訳ではないが、一年という時を共に過ごした今、信頼できる仲間の一人となっていた。

「太陽神教の大聖堂は大陸の中心にあったのよね？」

「ああ。だがこの港町なら連中も整備したがるだろうな」

「確かに」

「でも、周辺を調査する前に向こうの人達をこっちに呼び出すのは、流石に危険じゃないかな。あんな大きな魔物がいたくらいだし」

あんなにどもってしゃべっていたエイミーも随分と慣れてくれた。

「そうだけどな、ただまあこっちに国があるんなら、ダランベール王国にとって一番の窓口になりそうな場所ではあるな。転移門を設置してもいいけど、安全を確認してからだ」

「結局調査が必要ね」

「あんなでっかい蛇が巣食ってたんだから、人はいないだろうけどなぁ」

そんなデカイ蛇も今は鞄の中だ。

ファンタジーアイテム万歳。

「大蛇がいなくなれば、ここを狙う者が出てくる。それが人の可能性も、ある」

「おお、イドっち冴えてる！」

「イドさんの言う通りですけど、人の場合は慎重に接触しないとマズいですね」

「そうでもない」

「そうなのか？」

「蛇に勝てなかった相手、それに遠慮をする必要は、皆無」

「出たエルフ理論」

「違う、イド理論」

「やー、エルフ理論でしょう」

「わ、私もそう思う、よ？」

全員からの視線を受けても涼やかにそれを受け流すイド。長いまつげが目を引く整った顔をこちらに向けて、綺麗に微笑んだ。

「ところで、ライト」

「何？」

イドが席を詰めてオレの肩に手を回してきた。

「さっき、エイミーの体を抱いてた。次はわたしの番」

「え！　そそそそ、それは！　せ、戦闘中に必要だった事であって！　イドさん！」

「エイミーは一回休み」

「はうっ！」

「はぁ、あんまり変なことを言わないでくれ、イド」

「そうだよイドっち」

「しおり、左側を貸してあげる」

「のったぁ！」

「乗んなよ……」

　左右を固められてしまった。

　ここ一年の間、一緒に過ごしていて、なんていうかこう、甘えたがりの相手をするような関係になってしまった。

「もう、ライトなしでは我慢できない体」

「へっへっへっ、覚悟するんだぜ？　みっちー」

「ご飯が食べづらいんだが」

「食べさせてあげよう！」

「代わりにわたしに食べさせて」

「それに意味があるのか？」

「さぁ？」

「意味あるよ！　なんか楽しそう！」

「むうううう」

「エイミー、混ざりたい？」

「そ、そんなこと！」

「特別に、しおりにご飯を食べさせていいよ？」

「エイちゃん、あーんしてくれる？」

「そ、それは何か違う気がする！」

そんなこんなでイチャイチャしていたら、リアナがお茶のお代わりを持ってきてくれた。

「マスター、もう観念して誰かにお子を授けてください。リアナは早くマスターの赤ちゃんのお世話をしたいです」

「これ以上ひっかきまわさないでくれ」

ほら、二人の目が怖い！　それとイドさん、その表情はヤメて！　悟られるからっ！

◇◇◇

「周辺を探索してみたけど、村や町は見当たらなかった」

「です！」

「でも街道の名残みたいのはあったし、誰かしらが使ってる形跡もあったよ。人間か分からないけど二足の生物。雨が降ったからか、はっきりとはしないけどね」

「です！」

　周辺探索を頼んでいた栞とイリーナが報告に帰ってきた。

　イドとエイミーの二人は別で港町跡を調べてくれている。

「ここから見て西に向かって出入りがあったから、そっちに何かしらいると思う。壊れた武器も落ちてた。比較的新しい人の痕跡も。たぶん文明レベル的にいうと向こうと変わんないだろうね」

　そう言って、栞は渡しておいた魔法のポシェットからいくつかの剣や槍を取り出す。

　オレはそれらを見て頷いた。

「剣はともかく槍は焼いて打たれてるな。型にはめて作るタイプじゃない。しかも鉄じゃない、鋼鉄だ」

　それもかなり質がいい。腕のいいドワーフが丁寧に作ったような鋼鉄だ。

「流石専門家」

「見つけてくれた大盗賊様の手柄だよ」

「ふふん」

「イリーナも！　イリーナも！」

「ああ、お前もよく栞を守ってくれたな」

「ふふん！」

　自己主張の強いホムンクルスの頭を、キツネ耳ごと撫でてあげる。

「数は結構あったよ、古い物から新しいものまで」

「ほんとだな。年代を測定する意味はないかもしれないが、新しい物は分かりやすい」

槍の先や折れた矢の鏃を見て、触ってみる。

どう考えても知性のある生き物の作品だ。

「生き残り、いるみたいだね」

「ああ。黒竜王を名乗る王竜がこの大陸を蹂躙してから百五十年以上経っている。人間や獣人、ドワーフなんかが盛り返しているのかもしれない」

少なくとも、魔物がこういった武器を作れるという話は聞かない。

武器を持てる魔物がいても、百五十年以上前の朽ちた武器しか持っていない。

「敵はさっきの大蛇かな?」

「きっとそう。鎧なんかは残ってなかったから、丸飲みにされたんじゃないかな」

「嫌な事を言うなぁ。あっさり倒した癖に」

「ふふん」

エイミーもそうだが、栞の肉体も、オレが蘇生した時に、生前よりかなり強化されてしまっていた。

使った蘇生薬の性能が良すぎたらしい。

栞の身体能力はエルフのイドに匹敵する。一対一ならば聖剣を持った稲荷火《いなりび》をも凌駕するだろう。聖剣で栞を捕らえられる未来が見えない。

エイミーも人間では考えられないほどの筋力や持久力が備わったが、元々前衛職ではないため、イドのそれには劣る。

その代わり、イドやオレ以上の魔力を持ち、幻術の扱いはもはや神の領域だ。

ぶっちゃけ手段を選ばなければ、一番強いのはエイミーだ。もはや魔王である。

内気で優しい性格だから、そういう面は見せないが。

そしてぶっちぎりに弱いのはオレである。戦闘職ではないリアナのほうが強いもん。

悲しい。

「ここ、整備するの？」

「生き残りがいて、ここの奪還を目指しているなら、そっちと話をしてからだな。海のそばで安全な場所ってのは貴重だ。なんてったって塩が取れるからな」

空から見た感じ、背の高い岩山とかは見える範囲にはなかった。つまり海からしか塩が確保できないことを意味する。

まあもっと高く飛べば見つかるかもしれないが、空を飛べる船なんか普通は持っていない。塩が取れるとされる魔物もいるが、そう都合よくいるとも限らない。

「イド達の調査次第だが、人のいる形跡があるのならそっちに向かった方がいいだろうな」

「リアナはどうする？」

「船の転移門を使って一度オーガの島に行って貰うかなぁ。でも仲間外れにするのもなぁ」

「そうだねぇ、笑顔で平気ですって言われると心がこうズキズキと」

「なんだかんだで寂しがりやだからな」

「エロい設定にしたよね」

「オレが決めたんじゃねーよ」

知恵の実を使って作成するホムンクルスの性格は、コントロールなんかできないんだから。

「セーナと一緒に船を守らせるか、こっちから向こうに何か合図を送るか」

「合図？」

「変な物を呼び寄せる可能性もあるが、狼煙とかだな」

「ああ、遠くから見えるもんね」

「人以外にも見つかるのが難点だ。黒竜王の眷属が残っていたら厄介だし、ハクオウと同じ王竜がいるって話だ。目を付けられたら死ぬ」

「王竜かぁ、流石に戦いたくはないなぁ」

「オレもだ」

とりあえず船を中心に安全なエリアを拡大させるのが一番かな。

毎度おなじみの結界柵で船を中心に結界を構築していく。

食料はたんまり用意しているから、しばらくはここから活動範囲を広げていくことにしよう。

◇◇◇

「周辺の魔物はたぶん片付けたと思うよー」

「そうね、魔素溜まりも潰したし」

そう言って魔力を吸収する魔道具をイドが返してくれた。

魔道具といっても魔力が抜け切れた魔石に魔法陣を彫っただけのものだが。

「どんなのがいた？」

「小物だらけ」

「えっと、トレント系とか植物系が多かったよ。虫の魔物もいたけど小さいのばかり。大きいのは食べられちゃうからいなかったんじゃないかな」

「エイミーの言う通り！」

「わたしもそう言おうと思ってた」

「変に張り合わなくても、まあ了解」

「それと、あの蛇の卵かな？　大きい卵を五つ見つけた」

「マジ？」

「うん」

「じゃあ番いだったのか」

「そうかも」

「でもあの蛇以外にいない気もする。脱皮のあとの皮もいくつか見つけたけど、傷の跡とかの位置がおおむね同じだった」

　イドは博識だ。

「ちなみに脱皮した皮は？」

「しおりのポシェット」

「ありがとう」

「絶対欲しがると思った！」

だってなんかに使えそうじゃん！

「しかし卵かー、卵どうするかー」

「食べる？」

「毒とかないかな？」

「不明」

ポシェットから卵を取り出す栞。

栞が小柄なせいもあるが、彼女が一抱えもしなければならない巨大な卵だ。

生まれた瞬間から、既に一般的な蛇よりも格段にでかいだろう。

「あるじー」

「ん？」

「リアねぇにそだててもらう」

「ああ、なるほど」

篠崎の才能を引き継いでいるリアナなら、魔物の扱いは専門家だ。

先日の大蛇クラスの魔物が相手では調伏させることはできないが、生まれたての子供ならいけるかもしれない。

何よりリアナ、今は暇だ！

回復役のリアナの手が空いているのは良い事だが、本人がそれを気にしている節がある。

「何かの素材にするより全然いいな」

卵という素材は、食べ物以外にも薬などに作り変えることができる。

育てさせて戦力にする事を考えるより、そっち方面に役立てた方が有用な場合もあるのだが。

「リアねぇよんでくる！」

言うが早いか、イリーナがダッシュで船まで行って、リアナの手を引っ張ってきた。

リアナは何も聞かずに引っ張り出されたようで、こちらに困惑の視線を送っている。

「あの、マスター？」

「ああリアナ。ちょっとこの卵を見てくれ」

五つある卵をリアナに見せる。リアナは何も聞かずに頷いてその卵を見つめた。

「爬虫類系かドラゴン系の魔物の卵ですね。こっちの三つは中で死んでます。そちらの二つ、右側から特に強い力を感じます」

「やっぱあの蛇の卵か」

「大きさ的にも間違いないかと思います、右側の子が左側の子の力を吸い取ってますね。左側の子も恐らく孵る事はないでしょう」

聖女の力も相まって、生命力というものに敏感なリアナが判断をする。

そうなると、孵るのは右側の蛇だけか。

「多分今夜にでも生まれると思います」

「リアナ、お前の支配下に置けるか？」

「え？」

「オレ達の戦力になるほどの魔物は調伏できないだろ？　でもこいつなら生まれてすぐにお前の支配下にできる。育てる気はあるか？」

「いいじゃん！　やりなよリアナ！　イリーナのもふもふも可愛いけど、蛇のツヤツヤもきっと気に入るよ！」

「ねえ、力を吸い取ってるって危なくない？」

「ああ、そうだな」

「いいえ、多分それは魔物の習性なのではないかと思います。複数生んで一番強い個体を成長させるための」

「そんな魔物がいるの？」

「ええ。実際に見たのは初めてですが。そういった能力のある魔物ですから、ドレイン系のスキルを保持して生まれる可能性も十分にあります」

リアナは卵に釘付けだ。

「リアナ」

「は、はい！」

「言い方が悪かったな。やってくれ、できなかったら生まれたばかりでも殺さなければならなくなるが」

「分かりました。お任せください！　立派に育ててみせます」

リアナは頷くと、両手の拳を持ち上げてグッと力を入れた。

そして夜になり、生まれたのは細い体の白い蛇。

ミルクを与えたらそっぽを向いて、エーテルの瓶を咥えてグビグビ飲んでいる。

贅沢な仲間が増えたようだ。

◇◇◇

「やーっと、見つけたよ！　集落の跡地、ちょっと離れてたけど。誰かの野営してた跡があった。こっちを監視してた感じだね」

「おお、とうとうか」

新大陸に到着して五日。

周辺の探索に足を延ばしていた栞が、とうとう人のいた気配を発見。大盗賊の技能で痕跡を見つけてくれた。

「ある程度訓練された生き物、靴履いてたし足形が大きかったからゴブリンとかじゃないね。それが五人いたのが一番新しい形跡、馬の数も一緒。似たような足跡があったから入れ替わりで。多分あの大きな蛇の監視じゃないかな」

「なるほどなぁ」

人里があのような巨体で獰猛な蛇の行動範囲内にあるのであれば、監視役を置くのは当然だ。

「ここから西に向かっていったところだね。あたしらがこっちに来た時には監視に出ていたんだと思う。相当離れていたから気づかなかった」

「それはしょうがない、監視対象があの巨大なヘビならば、離れていても気づけるだろうしね」

「多分更に西にいったところに人間か、獣人か、それに類するものの居住エリアがあるんだと思う」

「ああ。そうだろうな」

黒竜王が暴れた後で、無事に暮らしを取り戻すことのできた人々がいるようだ。

「よし。手紙を書くか」

「手紙？」

「ああ、お前の見つけた監視場所に置いておく。文字を読める人間なら、それを見て状況を確認できるだろうし、読めない人間であっても読める人間に聞きに行ってくれるだろう？　上手くいけば一気に話を進める事ができる」

「おー」

「あるじすごい！」

手紙を手紙と認識できない蛮族だったら嫌だけど。

紙だと濡れて読めなくなるかもしれないので、木の板っぱに文字をガリガリ彫って栞に渡す。

「ってな訳でこれをその監視ポイントに置いてきて。それとこの旗も立ててきて」

「ああ、ダランベールの」

「そ、国旗」

かつて国交があった時代から変わらないダランベール王国の国旗。これを一緒に設置しておくことで、当時を知る者がいればオレが海の向こうから来たことも理解できるはずである。

「色々考えてるんだねぇ」

「相手が何者か分からないと怖いからな。少なくとも素性のヒントとなる物を置いておけば向こうも考えてくれる。友好的に接してくるか、敵対してくるかも分かるからな」

「危なくないならいいけど」

「危なくなるようなら逃げればいいさ、連中は空を飛べないだろうし」

「それもそっか」

拠点代わりにしているロードボードがあるのだ。やばくなったら飛んで逃げればいい。

一応当時の地図があるから、旧王国の位置も分かるし。

「さっくり飛んでいけばいいのに」

「物事には順番ってのがあるんだよ」

さくっと飛んで乗り込んで、誰もいなければ資料は読み放題だが、誰かがいてそれと交渉しなければいけなくなったら色々と面倒になるかもしれないし、資料を見せて貰えないかもしれない。

この世界、空から来るのは厄災ばかりだ。女の子が落ちてきても警戒が必要である。

オレの船が攻撃されても文句は言えない。

そもそもただ辿り着くことが目的ではないのだ。

元の世界に帰るための手段、もしくはヒントを探すのが目的なんだ。調べ物をするにはそれなりの環境というものが必要なのである。

あと単純に空は怖い。

「まあいいや、イリーナいこ」

「あい」

栞は戻ってきた時と同じように、軽い足取りで柵を乗り越えて外に出ていく。

魔物が闊歩する世界で、軽快に歩いていくノースリーブのシャツに短パン姿はこの世界を舐めているとしか思えないが、ポシェットに色々仕込んでいるし、ブーツも履いているから問題ないはずである。

　ほどなくして戻ってきた栞とイリーナ。

「こんぷりー」

「こんぷりー」

　おう、お疲れさん。

　大分早かった。

　時間が余ったので三人でまったり物見櫓を作り、登って遊んだりした。

　こちらの櫓の上にもダグランベール王国の旗をなびかせておく。

◇◇◇

「おー、軍隊だ」

　そして数日後、物見櫓の上から確認できたのは、隊列を組んでいる人の群れ。

　手紙の木札を置いてから、その場所を栞に教えて貰い、監視してたら人が来た。

　しかも一人ではなく軍隊だ。

　装備が統一されている事を考えても、冒険者や傭兵団のような集まりではない。

　双眼鏡で眺めていると、中々豪華な装備を着込んでいる人間もいる。

「さて、指示を出しますか」

一応一昨日のうちに配置を確認しておいたが、念のためもう一度全員を集めて改めて指示を出す。

櫓の上に置いてある鐘を何度か鳴らして、狩りに出ているイドや栞も集合させる。

「なんか来た」

「だな。上から見た感じ兵隊だ。五十人もいる」

「おおー、大所帯！」

「な、なんか怖いね」

「向こうの出方が分からないけど、極力戦闘にならないようにしたいなぁ」

相手が武装しているのはしょうがない。ここまで来るまでに魔物と会うこともあるからね。

問題としてはこちらの武装をどのレベルにするかだ。

「この間言った通り、船の警備にイドリアル」

「ん」

「セーナはいつでも船を出せるように準備をしていてくれ」

「分かったわ」

生まれたばかりの蛇の子も船の中だ。

「エイミーは牽制できるように船の上からこっちを注視しててくれ。やばそうなら援護を」

「うん。道長くん気を付けてね」

「ああ、イリーナはエイミーの護衛役」

「まかせるです！」

「栞はオレの護衛だな、やばそうになったらオレとリアナを抱えて逃げてくれ」

「乙女の仕事じゃないぞー」

不満を言うが、この中で一番早く動けるのは栞だ。仕方ないじゃないか。

「リアナはいつも通り」

「畏まりました」

相手に偉い人がいたら歓待をしなければならないし、歓待されるかもしれない。

そうなった時に、従者に見えるリアナがいるかいないかで相手の対応は変わるだろう。

「で、交渉役がオレね」

「危険はない？　ご主人様。セーナ心配よ」

「まあ、戦闘になっても死なないように立ち回るさ」

「お怪我もダメですよマスター」

「あるじがけがしたら、イリーナおこる」

ホムンクルス組が心配する。

「はいはい、分かってるって」

「まああたしがついてるからへーきへーき」

「シオリがいれば、不意打ちは防げる」

「わ、私も！　道長くんが危ないようなら、すっごいの出すからね！」

「すっごいのはやめてくれ」

スーパー危ないから。

「向こう側がそろそろアクションを取り始めるだろうから、オレも前に出ないとな」

向こうは隊列を組んでるから移動が遅い。

しかし騎馬が旗を持ってこちらに走り込んでくる。

これは資料に残っていた『ハイランド王国』の旗とは別の旗に見える。

オレもダランベール王国の旗を持って、栞を供に前へと歩み出す。

「我らはシルドニア皇国ウルクス領軍！　代表者のミチナガ＝ライトロード殿はおられるか！」

「ご指名だな」

まあ名前も彫っておいたので当然である。

名前を呼ばれたのでオレが先頭に立ち、栞が後方で控えてくれる。

「オレがライトロードだ。そちらの代表の名を教えて頂きたい」

「シルドニア皇国第二皇女殿下『エッセーナ＝ハイナリック＝シルドニア』殿下がお会いになられるそうだ」

「左様でしたか、ではこちらにいらっしゃるようにお伝えしていただきたい」

「我々の場所までお越しいただきたい」

「交渉はこの場で行う。こちらにはあの大蛇を倒した戦士がいることを忘れないでいただきたい」

オレは鞄から蛇の首を取り出して地面に転がす。

この頭だけで自動車くらいあるから迫力がすごい。

「ひいっ！」

「さて、返答はいかに？」

「は、はい！　ご、ご伝言として承りますっ」

「よろしい」

オレは地面に旗を刺して、柵に設えておいた扉を開ける。

「リアナ、テーブルセットを」

「畏まりました」

リアナが柵の内側にテーブルと茶台を用意し、お湯などの準備を始める。

準備が整った頃、今度は実戦一辺倒な鎧を着た女性と、豪華な鎧を着た男性が供を五人連れて馬で駆けてきた。

柵の前で女性が止まる。地面に転がった大蛇の頭を見ても眉一つ動かさないのは大したものだ。

豪華な鎧のおっさんは目を見開いてるし、お供の人達も驚いた顔をしていた。

「失礼、ちょっとお邪魔でしたかな」

オレはその大きい頭を魔法の手提げに吸い込ませつつ、おどけて聞く。

「構わないですわ『ベイン』の首が断ち切られていると確認できただけでも僥倖です」

「それはそれは……それで、お名前をお聞かせいただいてもよろしいでしょうか？」

「エッセーナ。貴方がライトロード？」

先ほどの人が言っていた皇女様のお名前と同じだ。

こちらの作法ではあっているか分からないが、念のため片膝をついて挨拶をする。

「ダランベール王国より、こちらの大陸の状況調査に参りました。使者の役割も仰せつかっております。ミチナガ＝ライトロードと申します、エッセーナ皇女殿下」

偽名で通していたが、色々面倒になったのでこの名前に落ち着いた。

「よくぞ参られましたわ、使者殿。そちらに行ってもよろしいでしょうか？」

「どうぞ、ダランベールの紅茶とお菓子をご準備しております」

紅茶とドーナッツ、美味しいからおいで。

彼女は頷くと、馬から降りる。

偉そうなおっさんと、追従してきた五人のうち四人が馬をおり、一人が馬の手綱をまとめて預かった。一人は馬上のままだ。

「そちらの御仁も着席されますか？」

「う、うむ。使者ライトロード殿、某はここより西にあるエリア『ウルクス』の区長、カリム＝ライナス＝ウルクスと申す」

「よろしくお願いします、カリム区長殿。リアナ、お席を追加だ」

「畏まりました」

リアナが椅子を用意したので、席を勧める。

が、困った。ダランベールのしきたりだと、一番身分の低い人間から席に座るものだ。

しかし、こっちの人達はどうなんだろうか？

「使者殿、かけられよ」

カリム区長が最初に席に座り、オレに席を勧める。

オレはカリム区長に言われた通り着席をする。そして、最後に皇女殿下だ。

「どうぞ」

リアナが紅茶を用意して、茶菓子も山盛り。

オレは紅茶に口を付けるが、二人はまだ警戒気味で口にしない。

しかし、皇女様の目がドーナッツに釘付けなのには気づいているんだぜ？

トングを使い、リアナが皿に載せてテーブルに並べて、それぞれに配らずに置く。

「変わった菓子だな」

「パンにチョコレートという菓子を溶かしてかけたものです。男性には少し甘いかもしれませんが」

細かい調理方法は言わない。メシの種になる可能性があるからだ。

ゴクリと皇女様が喉を鳴らして、お皿を一つ取る。

カリム区長がオレに視線を向けたので、オレがお皿を取って、最後にカリム区長が取る。

オレが最初に口をつけて、紅茶をすすり、二人に手でどうぞと促す。

「美味い！」

「ほお、これは。砂糖とは違う甘味」

「お砂糖も使っていますけどね」

皇女殿下がリアナに視線を向けたので、リアナがトングを使いお代わりを置く。

「ダランベールではこのような菓子が流行しているのですか」

「ええ。ここ数年で。向こうの貴族に人気のある菓子です。今では色々と派生しておりますが。

遠征先ゆえ、シンプルな仕上がりのものになってしまい申し訳ございません」

昨日の夜にセーナが揚げた奴だから揚げたてじゃないし。

◇◇◇

「とんでもない、素晴らしい歓待だ。流石は黒竜王の前の時代から今もなお続く強国の技術」

「そういえば、お聞きしてもよろしいですか？　ハイランド王国はどうなりました？」

「ああ、隠し立てする必要もないことだが、あの国は黒竜王とその眷属によって滅んだ。そのあたりの話は気になるところであろう？」

「ええ。是非お伺いしたいと思います」

オレが頷くとカリム区長が口を開く。

「黒竜王の台頭の後、この大陸では多くの土地が黒竜王とその眷属によって攻め込まれていった。村や街がいくつも滅ぼされ、旧ハイランド王国の王都もそれにより壊滅的な被害を受けたのだ」

黒竜王、伝え聞くにハクオウと同じ王竜と言われている。そんな存在が暴れまわれば、人間の住む町などタダでは済まない。

「しかし、黒竜王はこの国の町や村を滅ぼすと、この大陸から姿を消した。ここから東の大陸へ空を覆う大群が進軍していったと記録に残っておる」

「ええ、我が国に参りました。数代前の国王が自身の命と引き換えに、撃ち滅ぼしたと伝えられております」

実際ご本人に会いましたたし、黒竜王も実は冥界にいたりするんです。

今は仲の良い飲み仲間ですね。

「おお、やはり討伐されておったか！」

「素晴らしい戦果です」

「ダランベールも壊滅的な被害を受けましたが、今は無事に持ち直しております」

この辺は共通の話題だ。話していい事になっている。

「黒竜王により蹂躙された王都では、王城も破壊されたそうです。当時のハイランド王もその時に亡くなり、王家に連なる要人も亡くなったと伝えられております。その後、こちらの大陸に残った黒竜王の眷属を、貴族や力ある人間がことごとく打ち滅ぼし、それらが個別に王を名乗る時代が起こりました」

「ああ、なるほど。ありそうな話ですね」

日本史でいう戦国時代的な状態になったんですね。

「国同士の諍いが止まらない中で、特に力があり戦いに秀でて、統治にも力を注いでいた小国が徐々に一つにまとまっていきます。その一つがシルドニア皇国であり、ウルクス国でありました」

「我が居城に残る書物にも、ウルクス国はかなり手ごわい国であったと伝えられておりますわ」

その会話をするそれぞれの国名を名に持つ二人の関係が、皇女と区長。

シルドニア皇国がウルクス国を併合したってことか。

「互いに力を競い合えるほどの国、それらが六つほど出来ました。その六つの国を一つにしたのが、現皇王『エイドラム＝ハイナリック＝シルドニア』の御父上であらせられます初代王シルドニア様です」

「結構最近の話なんですね」

「ははは、実はこれ、百二十年ほど前の話なんですよ」

「え？」

何とも驚き！　この世界、ジジイみたいな妖怪タイプじゃなければ、人間はそんなに長生きできない。

「実は初代王であらせられるシルドニア様、神兵であらせられたのです」

「神兵……」

よく見ると、皇女殿下の耳がちょっと尖っている。

「リアナ、イドを呼んできてくれ」

「畏まりました」

リアナに声を掛けて、船からイドを連れて来てもらう。

船からイドが出てきて、こちらに歩いて来ると共に皇女様のお付きの騎士達が落ち着かない様子になる。

「ん、来た」

「イド、シルドニアさんて名前に覚えはある？」

「しるどにあ……ある」

「やっぱりエルフか」

そう思って視線を戻すと、区長さんは椅子から降りて土下座していた。

皇女様も口を開けてぽかんとしていた。

「ようこそおいでくださいました！　初代様のご一族よ！」

「ん？」

皇女様が飛び上がってイドに近づき手を取る。

「ああ、これは神がもたらした奇跡です。あの黒竜王の眷属たる大蛇も、神兵たる貴女様がいらっしゃるのであれば討伐が為されるのは必然」

グイグイと皇女様がイドの距離が近寄る。

「神の如き力を持ち、あらゆる魔法を行使する、すべての魔物の天敵にしてこの世界の守護者様！　ああ、再びこの地にご降臨されるなんて！　我が祖父であるシルドニアも貴女様と同じく神兵にしてこの大陸の救世主なのです！　なんという僥倖でしょうか！　神はこの地を見捨ててはいなかったのです！　クリア様！　感謝を！　心からの感謝を！　神に祈りを！　はぁはぁ！」

「ち、近い」

「うわぁ」

軽い気持ちでイドに確認を取ってみようとしたが、なんかイドが押されるほどの迫力だ。

「ら、らいと」

「おう」

「へるぷぅ」

「あいあい」

珍しい。

「皇女様、イドが戸惑っております」

「イド⁉　イド様でしょう⁉」

「正確にはイドリアルだ」

「イドリアル様！　なんという高潔にして甘美な響き……」

離れなさい。

オレは平伏しているカリム区長に助けを求める。

「エッセーナ皇女殿下、それ以上は礼を失しますぞ」

「むう、ですが区長」

「いけませんぞ」

「はぁぃ」

若干拗ねながら、元の位置に座る。

「もういい？　戻って」

「とんでもございません！　是非ご同席を！」

「イド、ドーナッツ食べていいから」

「残る、リアナ。わたしにも紅茶を」

「畏まりました」

イドがドーナッツを皿ごと確保し、着席。

「はぁ、お食事をなされる姿も神々しい」

「シルドニアってのがこの大陸を統一した王らしい。お前の知り合いか？」

「シルドニア『様』だ、使者殿」

「同族、同じ地区の戦士」

「おお、素晴らしい」

「変食家で有名。昆虫食」

「うぇぇぇぇ」

「ご存じでしたか！」

「ええ、初代様のお食事は本当に……もう……」

「虫を求めて大陸中を走り回りお腹を壊しながら旅をしてた、らしい」

「酷い話だ」

「ある時、里に戻りこう言った、『別の大陸がある事を知った。まだ見ぬ虫を食べたい』と。そう言って単身、海を渡った」

「世界樹より虫を優先するか」

真正じゃねえか。

「どの世界にも変わり者はいる」

「あ、はい」

そして変わり者認定をされた人のお孫さんがここにいる、と。

「シルドニアは元気？」

「た、食べにくい」

「ええと、多分？」

「たぶん？」

「あの、国が平定してから、その」

「王宮料理が口に合わぬと出ていかれました」

「ああ、分かる」

「やっぱ変人だなぁ」

「で、ですが成された功績は素晴らしいものです！　黒竜王の眷属をことごとく滅ぼし、人々の生活できるエリアを拡大させ、安定させていったのですから！　この大陸で一番の使い手こそ初代様をおいて他ありませぬ！」

「そりゃぁエルフだもんなぁ」

「ん、黒竜王本人はともかく、眷属の一体や二体なら問題ない実力者」

「それが、そうでもなくてですね」

「？」

そうでもない？

「……黒竜王の眷属との戦いで武器を失ってしまいました。長い戦いの中で強力な武器はことごとく失われ、今では一部の武器を除いてほとんどは鋼鉄製……魔鋼鉄やミスリルの加工技術もドワーフの里が破壊されて絶滅、それ以外の武器も激戦区に取り残されたりして、ごくわずかの武器しか残っていないのです。眷属の中でも上位の魔物との戦いの連続で、流石の初代様も満足な武器をなくされてしまい……魔導炉の作成技術はドワーフが独占していた為、新しい魔導炉が作れなかったのです。魔武器はダンジョン産しかなく、初代様のお力に耐えられる魔武器が必ず産出する訳ではございません。仕方なく初代様は……」

「素手で殴った」

「その通りです！　流石はイドリアル様！」

「ん、普通はそう」

「普通じゃねえよ」

黒竜王の眷属ってことはドラゴン系の魔物だぞ。鱗を素手で殴るなよ。

護衛の人達も頷いていらっしゃるぞ？

「しかし強い武器が失われたのは痛いな」

「一部の街にも魔導炉はあったのですが、酷使し続ける結果になりましたので」

「割れたか崩れたか」

オレの言葉に区長が頷く。

ミスリルや魔鋼鉄、それにオリハルコンや無駄に硬い魔物素材は、加工するのに適した炉でないと精製できない。

「そうです。そしてそれらの技術を国外に欲して船を造っても、ベインの縄張りが広く、他の航路を開発せねばならなくなりまして」

「なるほどねぇ」

道理で百五十年も国交が途切れていた訳だ。

「ベインは恐ろしく強く、鋼鉄程度の武器では鱗に傷つけることすらできませんでした。万全な武装があれば、おじい様でも討伐できると考えておりましたが」

「別にない訳じゃないんだろ？　なんでやらせなかったんだ？」

「初代様を戦地の最前線に送ることなどできぬ。彼の方はわが国最大の戦力であったが、その前に一人の王であらせられる」

「そういうもんか」

最前線に立つお姫様と王子様を知っているから違和感があったりする。

「幸いベインもここに巣食ってこそいるものの、大きく移動しなかったので」

確かに居座られているだけであれば、害はないのかもしれない。

「腕自慢が何人も犠牲になっておりますし、監視するだけに留めておいたのですが……」

ちらりとイドに視線が集まる。

「神兵たるイドリアル様のご活躍で、こうして無事にこの街を奪還できました」

「しおりも、一緒」

「え？　あ、えっと。ぶい！」

てかそんな厄介な魔物だったんだな。エイミーの幻術で足止めできたからとはいえ、栞とイドが強すぎたから全然気づかなかった。

そっぽ向いていた栞にイドが話を振ると、慌てて反応した。

なんか別の事考えてたな？

「まあライトのおかげ」

「そだねー」

そこでオレの肩を叩かないで欲しい。栞、頭に手を置くな。

「海に出ようにも、黒竜王の眷属と同格かそれ以上の魔物もおりますので。中々外の大陸に足を運ぶということも……」

「そこはダランベールも同じだな」

船の建造は行っていたが、外海を目標もなく進むのは非常に危険な行為だ。

だからこそ、オーガ達の島みたいな場所が無事だったりする訳だし。

ダランベールも何度か国交の回復の為にこちらに船を送っているが、戻ってきた船はいない。ベインに阻まれて、海中に沈められているのかもしれないな。

新しい航路を作るというのも危険な行為だ。ダランベールからほぼ直線で西側に位置するこの大陸に、遠回りで行くには目標物が必要だからだ。

ちなみに空路は言わずもがなである。そんな技術ないだろうし。

◇◇◇

「さて、色々と話が逸れましたが」

「ええ、そうね」

「殿下、相槌を打ちながらイドリアル様を見つめるのはおやめください」

ここに来たのは、別にこの世界の歴史の勉強のためではないのだ。

「ダランベールの使者として、皇女様とお話しして欲しい相手がございます」

「話して欲しい相手?」

「こちらは遠方の者と会話をすることのできる魔道具『遠目の水晶球』です。使用してもよろしいでしょうか?」

「はあ、危険はないのですね?」

「ライト作、問題ない」

「だいじょーぶっしょ」

「イ、イドリアル様がそうおっしゃるのであれば」

「では、っと。イド、ドーナッツ片付けて」

「今食べる」

「あ、手伝う」

　栞とイドがぱくぱくぱく。

　机の上にもこもこクッションを置き、バスケットボールサイズの透明な真球をセッティング。そのクッションに記載された魔法陣を起動させ、しばらく待つ。

「あの、これは」

「少々お待ちください。向こうでも準備をしているはずですから」

　しばらくすると、向こう側の準備ができたらしく、一人の男が水晶球の中に浮かび上がる。

『あー、あー。これで聞こえているか?』

「聞こえております、シャクティ王子」

『そうか、ご苦労。無事にハイランドについたか?』

「ハイランドは既に滅んだそうです」

『何⁉』

「そして新しい国が興ったそうです。そちらの王女……皇女様が今同席されています」

『はぁ？　おい、何をいきなり！　状況の報告とかじゃねえのか⁉』

「お前、そういうの面倒だろ」

『ちょっと待て！　着替えて来る！』

その格好でいいんじゃねえの？

なんか水晶の向こう側でばたついている。

『お待たせいたしました。ダランベール王国第二王子【シャクティール＝ダランベール】だ』

「お初にお目にかかります、シャクティール王子。シルドニア皇国第一皇女【エッセーナ＝ハイナリック＝シルドニア】にございます」

驚いた表情を一瞬見せた後、エッセーナ皇女が顔を引き締めて挨拶を行う。

『突然のお話し申し訳ない、ダランベールの使者ライトロードは少々性急な性格でな』

「いいえ、貴重なお話を聞かせて頂きました。それにこうして他国の王子との知己を得る貴重な機会をいただけましたこと、光栄に思いますわ」

『ははは、それに関してはこちらも同意見であるな』

「それで、長らく国交が途絶えていたこちらの大陸に使者を送られた御用向きをお伺いしても？」

『長らく互いの手を離れていた土地、人々を安じての行動であったと理解していただけると幸い

だ』

「左様でございますか？　ご心配いただきありがたく存じます。我らは我らの地で、こうして無事に生きながらえております。ハイランド王国の時代よりも、強く」

『そうであったか、それは安心だ。今度は使者ではなく使節団をそちらに送ろうと思っておる、良しなに頼む』

「それは喜ばしいお話ですわ！　是非いらしてください！　皇帝陛下にもお知らせさせていただきますわね！」

『ああ、今日は良い機会に巡り合うことができた。そうだな、三日後の今日と同じ時間に、また会談を行うというのはどうだろうか』

「素晴らしいご提案をありがとうございます。ですが女の身である私の事を考えて頂くのであれば、十日は時間が欲しいと思います。このような鎧姿で王子とお話しするのは、私も恥ずかしく思いますので」

『……勇ましい姿は誇れることがあれど、恥じる必要はないと思うが。しかしエッセーナ姫がそうおっしゃるのでは。しかし十日は待てぬな。せめて五日後ではいかがだろうか？』

「あら王子、たった五日で私に相応しいドレスが仕上がるとお思いで？」

『……了解した、十日後のこの時間にまたお会いしよう。楽しみにしておくよ、美しい姫君』

「素敵なお言葉、ありがたく存じますわ」

『ああ、一つ忘れていた。我が使者ライトロードとその従者達をそちらに逗留させていただく許可を貰っても？』

「もちろんですとも！　精一杯歓待させて頂きますわ」

『ははは、使者といってもライトロードはただの手紙の運搬役のようなものだ。ライトロード、拠点はそこでいいか？』

「ええ、構いませんよ」

『であれば、ライトロード。姫のお許しを頂けた。そちらに逗留せよ。護衛もいらぬよな？』

「イドより強い護衛がついてくれるなら大歓迎です」

「それは、少々酷という物ですわ、使者ライトロード」

「では、まあ必要はないですかね。一応安全は確保できたつもりですし」

『ならば良い。では姫、十日後に』

「ええ、楽しみにしておりますわ」

二人の間で会談の約束が取りなされた。

とりあえずこれでオレの仕事が一つ終わった訳だ。

◇◇◇

「……使者ライトロード、貴重な体験をさせてもらった事に礼を言う」

「いえいえ、あっちの王子とお話が合ったようで何よりです」

若干笑顔が引きつっている皇女様がいらっしゃいました。

まあそうよね。

「いきなり他所様の国の重鎮と会話をするとは思いませんでした」

「ご立派でしたぞ、皇女様」

「だと良いのですが」

頭に手を当てる皇女様。

「急いで戻るぞ。父上に報告せねばならん」

「畏まりました、使者ライトロードも共に行きましょう。我が屋敷にて歓待させていただきたい」

「え？　無理ですけど？」

オレはその提案を拒否。だって他の騎士達と足並み揃えて移動するなんて面倒だし、ここでまだやる事あるし。

「なんです？　私の命令を聞けませんか？」

「オレはそちらの国民ではないですからね。それにこの地でまだやるべきことが残っておりますから」

シルドニアの人間じゃないよー、だから言うこと聞かないよー。

「やるべきことだと？」

「先ほどの王子がお伝えした使節団をお迎えしないといけません。ですので私はこの地を離れる訳にはいかないのです」

「あんなものすぐに到着する訳がなかろう！　まさか⁉　もうこちらに出発しておるのか⁉」

「いいえ、まだ準備段階ですよ」

「ならばついてこぬか！」

皇女殿下の言葉に護衛の男達も前に一歩足を踏み出す。

そんなオレの前に立つのは栞とイドだ。

「ライトへの攻撃、許しはしない」

「へっへっへっー、みっちーはあたしが守るぜぃ」

二人ともまだ剣を抜いていないが、いつでも武器を抜ける態勢だ。

「皇女様の護衛とオレの護衛、どちらが実力があるか試してもいいですが。不毛ではありませんか？　神兵の名を冠するエルフをご存じであればなおのこと」

「栞も、わたしに並ぶ実力者」

「そういうことですよ」

お互いが顔を合わせる中、カリム区長が口を開く。

「皇女様、ここは退くべきでございます」

「区長！　何を弱気な！」

「ベインを倒すほどの強者。それも初代様と同じ血筋ですぞ？　敵対はなりませぬ。使者殿、しばらくこちらに逗留するのでありましょう？」

「ええ、そのつもりです。ついでに少し整備もしておこうかと思っています」

「勝手なことは許しませんっ」

「ここは元々私の受け持つエリアです」

カリム区長が厳しい口調でこちらを見た。

「先ほど、ベインの頭をしまわれた袋。それは魔法の袋で相違ないな？」

「これですか？　そうですよ」

オレは手提げをポンポンと叩く。

「その中にしまったベインの頭。それをこちらに渡してくれるのであれば、この土地で待機し、整備することを許可しよう」

「ほほう？」

「ベインは百年以上もの間、恐怖の象徴として我が区で最も恐れられていた黒竜王の眷属。強靭な鱗を持ち何でも飲み込む巨大な口、その巨体で多くの人間を蹂躙した化け物、それを討伐したとなれば、我がエリアにとって、大層沸くニュースであろうからな」

「なるほど、手柄を寄こせと」

「……神兵たるイドリアル様の手柄を盗ろうなどと、罰当たりなことは言わぬ。我らがエリアに潜む化け物、それが討伐されたと。そう区民に伝えられれば良い」

「なるほど、一理あるね……でも、そうだな」

オレは考える素振りを見せる。

「この港、オレにくれ。そしたら蛇の頭をくれてやろう」

「何？」

「ある程度整備するつもりだったんだが、後で横からかっさらわれても面倒だ。どうせならオレの土地にしちまおうって思ってね。エリア長のあんたなら許可が出せるんじゃないのか？」

「なんだと⁉」

「それ、は」

「整備した上でオレの専用の港に改造する。国外、ダランベールとの交易で発生する利益に関してはダランベールと話してくれればいい。そこにはオレは干渉しないと約束しよう」

「待て待て、なんでそうなる⁉」

「百年以上手の付けられなかった土地だ。そちらとしては痛くないはずでは？」

「……つまり使者殿、貴公は我がエリアの貴族の一員になると？」

「んにゃ、この大陸での拠点が欲しかっただけだ。海に面していて、土地もある程度なだらかだ。元港町だけあって石畳も敷かれているから、馬車なんかでの移動もできるだろうしな」

「それは、持ち帰るべき案件であるが……」

「じゃあ蛇はやれないなぁ」

オレの言葉に唸るカリム区長。

他所の国のオレに自分の土地を譲れと言っているのだ。それはもう悩ましい表情をしている。

「い、いかん。やはりこの土地は渡せん」

「どうしてもか？」

「どうしてもだ！」

「じゃあ、あとはアレか。魔導炉を作ろうか？　オレ、作り方知ってるぞ」

「「　なっ！　」」

驚きの声を上げる皇女様と区長。

「蛇の首と魔導炉、それとそうだな……」

ミスリルの延べ棒を十個取り出す。

「こいつも進呈しよう。それで手を打たないか？」

「ぬ、しかし……」

「イド」

「ん」

イドが腰から剣を抜き、その手を離す。

その剣は地面へと落下し、音もなく根元まで刺さり、止まる。

「「！」」

「オレがイドのために作成した剣だ。このレベルの武器は魔導炉がないと作成できないぞ」

「なんと……」

「まるで大地が水であるかのように吸い込まれていきおった」

「流石にこのレベルの武器となると、イドクラスの人間にしか渡せないし、素材もミスリルではない。まあ多少使ってるが。魔導炉がないのであればオレが一つ用意しよう。材料はすべてこちらで用意する」

恐らくこの大陸では技術の多くが失伝しているのだろう。

魔導炉は錬金術師と鍛冶師、そして炎の魔法を専門で習得した人間の知識が必要だ。

物凄くざっくり説明すると、錬金術師が魔核を準備し、鍛冶師がその魔核の力を最大限まで引き上げる炉を作成する、そして炎の魔導士が最初の火入れを行い、炉の中に魔核から出力される魔力回路を作成し固定しなければならない。

一人でそれを成せる人間は中々おらず、オレが知っている中ではダランベール王国の王城専属第一錬金術師であるゲオルグ＝アリドニアだけだ。

つまりオレの師匠であるジジイと同格の人間くらいのものである。普通は無理だ。

「どうせダランベール王国と国交を結び始めたらその技術も求めるんだろ？　だが海の向こうからこっちまで、危険を冒して足を運ぶ職人は多分見つからないぜ？　こちらの職人を向こうに送って勉強させるか？　こっちにその技術が来るまで何年かかるかな」

「く、それはそうだが……しかし」

「作成方法を見せてもいい。どうする？」

「いかん！　やはりいかんぞ！」

「そ、そうだ！　我が国土を切り売りするなど」

頑なだ。だがもう少しで落とせる気がする。

「じゃあ追加で魔導炉に必要な道具と素材、こちらで用意しよう。オレがお前達に指導するために組み立てる際の道具と同じ素材だ。オレの手持ちの物を使えば明日にでも指導ができるようになるぞ？　更に同じ道具と素材、魔導炉三基を組み立てられる量を販売する」

「三基……」

「つまり、オレが指導する分を含めると四基分の道具と素材だな。お前さん達が百年以上待ち焦がれていた魔導炉が合計四基手に入るチャンスだ」

「ぐぬ、ぐぬぬぬぬ」

「だ、だめだぞカリム！　絶対にダメだからな！」

「今決めろ。今この瞬間でしかこの交渉は受け付けない」

オレの言葉に、カリム区長が折れるのにはそう時間がかからなかった。

その瞬間に皇女様が叫び声を上げて崩れ落ちた。

正式に魔法の契約書をこの場で作成し、お互いの血判を貼り、更に皇女様のサインと血判も押して貰って双方にっこりである。

二人揃って項垂れながら帰っていった。

あ、流石にこの地に護衛として何人か向こうの兵士が残るらしいよ？

◇◇◇

『なあバカだよな！　バカナガだよな‼』

「なんだよ、話せる状況になったら連絡してこいって言ったのそっちじゃんか」

皇女様が来た日の夜、ダランベール王国のシャク王子から連絡が来た。

今日の昼間に連絡を取ったからね。

『王族同士の会合となったんだぞ⁉　向こうもこっちもなんの準備もなくしゃべるハメになったじゃないか！　こういうのはもっと互いの情報を集めたうえで！　お互いの利害をある程度探った後でないとできないんだよ！』

「だろうなぁ」

『知っててやったのか⁉』

「ああ」

『てめぇ！』

「だってフェアじゃないだろ？」

『ぐぬっ！』

「お互いに情報がない、大いに結構じゃないか。ダランベールとシルドニア、どちらもこれから歩み寄るんだろ？」

『そうだが！　そうですけど！』

「信条《心情》的にはダランベールに味方してやりたいけど、オレとしてはあんまり国同士の話に入りたくないんだよ。出かける前に言っただろ？」

『ああ、確かに聞いた。確かに聞いたが……』

　こちらの世界から日本に帰るのに、王城、王都、月神教、それに各地の古い図書館や資料室などの書物を片っ端から漁った。結果として分かったのが、今まで異世界というものからこの大陸に来た人間がオレ達しかいないということ、少なくとも『いた』という資料がないことだった。

　しかし、この大陸にはいないが、過去に勇者がハイランド王国に召喚されたとの資料はあった。黒竜王の襲撃からこちらの大陸に逃れて来たハイランドの貴族のもたらした情報らしい。真偽は不明。

　それが女神による召喚なのか、人為的に呼び出したのかは不明だ。

　だが人為的に呼び出したのであれば、逆に戻すことも可能かもしれない。

　当の女神本人に確認を取りに、世界樹のダンジョンを通って神界に行ったが、女神クリアと会うことはできなかった。

全力で自宅に結界を張って、看板を設置してこう書いてあった。

『起こさないでください』

世話役の天使も困っていた。

あんにゃろ、一年以上寝続けてやがる。ダンジョン抜けるの苦労したのに。

クルストの街を離れるから錬金術師の補充を頼むとジジイに言ったら大分文句をぶつけられた上に、どこに行くのかも聞かれた。

まあ向こうもオレの目的はともかく、難解な調べ物をしているのは知っている。

西の大陸に向かうことを勘づかれてしまった。

ジジイはダランベール王国の第一王子と第二王子を抱き込んで、その結果色々と無理難題、お使いを頼まれたのである。

その一つがダランベール王国からの使者という肩書だ。

「オレはこの世界の人間じゃないからな」

あまり自分の痕跡を残すべきではないと思っている。

『向こうの皇女様とはどんな話をしたんだ？』

「しゃべってくれたのは区長を名乗る男だけどな。皇国の成り立ちを簡単に聞いた」

『それは興味深い話だな、俺にも教えてくれ』

オレは聞いた話を覚えている限り伝えた。

『エルフの王と、魔導炉の技術の失伝か』

「興味深い話ですよね」

『ああ、特に魔導炉の技術提供は、今後の交渉の切り札の一つになる』

「そう言うと思って、オレの方から魔導炉の作成と作成技術の指導を請け負っておいた」

『おまえっ！　ふっざけてんのか！』

「うはははははははは！」

　オレ様大爆笑。

『なあ、それがどれだけの情報か分かって言ってるのか？』

「もし上質な武具を作れるダランベール王国がシルドニアに攻め込んだら、ダランベール王国が圧倒的に有利になるだろうなぁ」

『てめぇ！　分かってんじゃねえか！』

「だからだよ。オレはお前さんがいきなり武力に訴えるような真似はしないと思ってるけど、相手もそう思ってくれるとは限らないだろ。相手は怯えながらお前さんとの交渉の席につかなきゃならなくなる。さっきも言ったが、それはフェアじゃなさすぎる」

『それが外交だろ！』

「オレは使者であって外交官じゃないからな！」

『つざけやがって！　大体あっちはエルフの血族だぞ！　戦闘狂の血筋じゃねえか！』

「それでもだ。そもそも海を挟んだ相手の土地で交渉するんだぞ？　普通はダランベール王国が不利な状況で交渉すんだぞ？」

『そうかもしれないが！　有利になるんならその方がいいに決まってるだろ！』

「ああ、それともう一つ」

『まだあんのかよ』

疲れた声出すんじゃない。

「あの港町、オレが貰ったから。すぐに整備できるように準備をしておいてくれ。貸してやるから」

『マジか！　なあ！　お前どういう交渉したんだよ⁉　ちくしょう！　ああちくしょう！　よくやったよ！』

オレはオレが思うようにやっただけだよ。

第二話　炉をもたらす錬金術師

オレの所にシルドニアの皇女とこのエリアの区長が来て五日ほど経ったある日。

カリム区長から魔導炉の設置場所と指導する相手の準備ができたからと、エリア：ウルクスへと招待を受けた。

元港町の倒壊した建物や、外壁を乗り越えて侵入してきていた樹海の木々。

それらの片づけはすべてウッドゴーレムに任せる。

ロードボートも魔法の袋にしまって、入れ替わりで馬と馬車を出した。

護衛のためと残ってくれていた兵士の皆さんは顔を引きつらせていた気がするが、気のせいだろう。

「全員で馬車で移動というのも珍しいですね」

「そうですね、今までは私やリアナさん、セーナさんは工房のお留守番が多かったですから」

「セーナはちょっと楽しい、かも」

「イリーナも！」

「わたしはちょっと憂鬱……」

外からは見えないが、中で女性陣が楽しそうに話している。

イドが憂鬱なのは、無駄にちやほやされるからだろう。

綺麗とか美しいとかは言われ慣れていると思うが、ダランベールのあった大陸ではエルフは畏怖の対象だ。

遠巻きに見つめられ、腫物のように扱われることを受け入れ、完全にその環境に慣れたイドが、今や王族より上の存在として扱われる。

虫を払っただけで歓声が上がるほどである。

「イドっち、大変そうだね」

「まあ驚きの環境の変化だものなぁ」

オレ達といることで多少は慣れていたと思ったが、そうでもないらしい。

「まあオレも似たような理由で王城から逃げ出したから。分かるよ」

「そだねー、あたしもお城行った時はヤバかった。イケメンに囲まれて求婚されまくった！　チヤホヤされるのは好きだけど、貴族って連中は好きになれないからなー」

「あいつらは打算でしか動かないからな」

イドは人目を気にして早々に馬車に逃げ込んだ。

ホムンクルス組も魔力の温存のため、馬車に。自然とオレか栞かエイミーが御者台に行く形になり、オレが御者台に。

そして護衛役として栞が横に座った。

「まさか馬車はともかく、馬が袋から出てくるとは思わなかったよ」

「便利だろ？　入れないけどリアナ達も入れられるんだぜ？」

荷物扱いみたいにするのは嫌だからやらないけど。緊急時にリアナを入れた事が一度だけあったなぁ。

「ああ。馬もホムンクルスなんだ?」

「そうだ。見た目は普通の馬だけど、飲み物も飲まないし食べ物も食べない。本体の魔力はそう多くないから手綱から魔力を流してあげないといけないけど、その代わり普通の馬と違って間違いなくオレの指示に従ってくれる」

「なんという優秀な子！　すごいなー」

馬の尻を撫でるでない、危ないから。

「あ、魔物」

栞が顔を上げて目を細める。

「え?　どこどこ?」

「左上、見えない?」

見えないけど?

「護衛の兵士さん達！　上から魔物が来る！　注意して！」

「上?」

「どこだ?」

「あれだ！」

「グールバードだ！　多いぞ！」

「敵！」

早々に反応したイドが馬車から顔を出す。

「おお神兵様の戦いが見れるぞ！」

「この戦いが伝説の幕開けか！」

「バカ！　既にベインでどでかい伝説をぶち上げてるだろう！」

「ああ、もう死んでもいい……」

「ライト」

「お、おう」

顔を出した途端注目を浴びたイドが、不機嫌そうな声を上げた。

「…………………パス」

「わ、分かった」

戦闘狂が珍しい。流石にこんな注目された状態で戦うのは嫌らしい。

「仕方ない、セーナ」

「分かったわ！」

兵隊達に合わせて馬車を止めると、中からメイド服のセーナが出て来た。

オレは魔法の袋からセーナ用の弓と矢筒を渡す。

「ふふ、戦闘は久しぶりね」

「そういえばそうだな」

ここしばらく、素材集めなんかの時の戦闘は栞とイドが受け持っていた。

リハビリも兼ねてエイミーもやっていたが、やはり戦闘はまだ怖いらしく、主に店舗の店員をしていたのであった。

人見知りなエイミーだが、店員としては大人気だった。

みんな若い娘が好き。

「あれ？　ご主人様？」

「グレードアップしといた。せっかくだから試し撃ちしてくれ」

「はい！」

セーナは弦を確かめて頷くと、矢筒から普通の矢を構える。

相手はグールバード、アンデッドタイプの魔物だ。近くに冥界門でもあるのだろう。

冥界門の内側の魔物は冥界の偉人の方々が対処するが、門の外や門から出て行った魔物は基本的に対処しないから、外でも見かけることはある。

グールバードは目標に向かってまっしぐらだ。先行して二、三匹倒したところで、撤退を選ぶような魔物ではない。

「行きます！」

「おいおい、まだ矢が届く距離じゃ……」

セーナが無視して矢を放つと、その矢はグールバードの頭を粉砕させた。

「マジか！」

「すっげ！」

「おいおい、メイドだろあれ」

「ばっか、神兵様の従者だぞ。普通の人間な訳ないだろ」

や、普通の人間ではないけど、オレの従者です。

「続いていきます」

「おう。素材も要らないし魔石も小粒だ。どんどん倒せ」

「はい！」

セーナは腰に付けた魔法の矢筒から次々と矢を取り出して攻撃の回転を速めていく。

グールバードは飛びながらこちらに向かってきたのにもかかわらず、セーナの手によって一匹も辿り着くことなく迎撃され落下していった。

「出番なかったぁ」

「いいだろ別に。腐肉を蹴りたかったか？」

「うひ、確かにそれは嫌だ！」

若干一名文句を言ったがすぐに引き下がった。

周りの兵士さん方、死体の回収と焼却ご苦労様でーす。

◇◇◇

「ようこそいらした。イドリアル様、使者殿、それにお仲間の皆様」

「歓迎痛みいるよ、カリム区長」

オレ達がライナスの街に到着すると、門の前でカリム区長が待っていてくれた。

統治者が門前まで人を出迎えるのは、最上級の歓迎を意味するらしい。

イド様々である。

簡単に挨拶を済ませて、カリム区長の護衛を先頭に馬を歩かせる。

道幅に限界があるから、軽い大名行列の出来上がりだ。

「あの、イドリアル様は……」

「あんま注目されたくないんだとさ」

「なんと奥ゆかしい」

なんでもいいらしい。

「リアナ、馬車を頼む」

「畏まりました」

御者をリアナに任せて、カリム区長と話をする。

区長は馬に乗って馬車と並走だ。残念だね、イドは反対側だよ。

「今日の予定は？」

「簡単でありますが、歓迎の宴をご用意しております。皇女殿下もそちらにいらっしゃいます」

「そうか。じゃあ明日から教える形でいいですか？」

「そうして頂けると助かります。ご指示通り錬金術師、鍛冶師、魔導士にそれぞれ声を掛けております」

「分かりました。ちなみにその連中、仲は？」

「はっはっはっ、まあ特別いいという訳ではございませんが問題ないでしょう。錬金術師と鍛冶師はなんだかんだ言って同じ仕事に関わりますし、魔導士は我がエリアの家臣団の者ですから」

「ならいいです」

どうしても共同作業になるからね。間に軋轢があると色々と厄介になる。

「宴に参加するのは四人で頼む、メイド三人は参加させられないからな」

「おや、ご希望があれば参加させていただいてもよろしいのですよ？」

「必要ないよ、女性陣の着付けにまわって貰おう」

「ほっほっほっ、イドリアル様や残りのお二人はドレスがございますか？　必要であれば用意させますが」

「ダランベール式の物ならある。というかオレの立場から考えると、そっちを着せたほうがいいだろ」

「ダランベールのドレスでございますか。それは興味がそそられますな」

うん。出立前に王城で王族達とかジジイ様とかとパーティをやったからね。

その時の服を用意してある。

「皇女殿下もさぞお喜びになるでしょう」

「ああ、皇女殿下といえば……カリム区長にお聞きしたい事があるのですが」

「はい、いかがいたしましたか？」

「ダランベールから友好の証として菓子や酒、布や刀剣の類を預かってきております。これらは皇女殿下へ献上して失礼はないでしょうか？　シルドニア皇王陛下へ献上するべきお品なのですが、皇女殿下へ先に渡してもいいものかどうか。流石に手土産もなく宴に参加するのも申し訳なく思うので」

場合によっては、皇女殿下への支援とも取られかねない。皇女殿下の後ろ盾にダランベール王国がいるぞと思われるだけで、第二皇女の立場が大きく変わってしまいかねないのだ。

「それでしたら殿下へお渡しする席で、陛下への贈り物を『信頼できる皇女殿下を通して献上させていただきます』と、まあそのような発言をしていただければ問題ございません。あくまでも陛下への献上品を皇女殿下に預かっていただく形を取ればいいのですから」

なるほど。

「分かりました、ありがとうございます」

ちなみにこれらの献上品はすべて、本当にダランベール王家が用意したものだ。

オレが用意したのは酒くらいなものである。

「屋敷に戻りましたら目録をお作りいたしましょう。パーティ会場の横に三部屋ご用意いたしますので、後ほど文官を連れて顔を出させていただきます」

「助かります」

◇◇◇

「なんとお美しい！　神兵様！　イドリアル様万歳！」

「「　イドリアル様万歳‼　」」

「…………………もういい、わたしは食に走る」

「おう、頑張れ。まあしゃあないさ、確かに綺麗だからな」

「ばか」

「〜〜〜〜〜っ‼」

ごつんと頭をこづかれる。もうちょい加減して欲しい。こつんでしょ？　普通？　そう思わない？

エルフのイメージといえばやはり緑である。

そしてイドの自由な性格と、綺麗なスタイルを前面に見せるべく、飾り気の少ない薄い緑色の、肩を出したドレス。

スカートにはスリットが入っており、歩くたびに顔を出すイドのおみ足がまぶしい。

胸元を飾る小粒の真珠風のネックレスが、その細い首筋をより美しく魅せてくれる。

「ほら、主役は終わったんだから。次はあたし達をエスコートしてよ」

「よ、よろしくおねがいします」

「あ、ああ」

オレに声を掛けてきたのは綺麗に着飾りつつも、対照的な二人。

栞はスカートと肩にフリルをふんだんに使い、黒で下は白、スカートの丈は少し短めで膝が出るくらいの長さだ。綺麗さよりも可愛らしさを前面に押し出している。

更に胸元に金で作った細いネックレスが光輝いている。

エイミーは真っ白のイブニングドレス。胸の大きさをこれでもかと見せつけつつも、足首まで隠れるほどの長さのスカート丈。

エイミーの肌の白さとドレスの白がマッチしており、とてもセクシーである。

ラメが施されたドレスは会場の光を吸収し、輝きに満ちている。

小粒のブルーの石をはめ込んだピアスは、エイミーの瞳の色を意識して作ったものだ。

「二人とも似合ってるよ。琹はすごく可愛いし、エイミーはとても綺麗だ」

「ありがと」

「～～～～～!!」

　エイミーさん、肩まで真っ赤になってますよ。

　オレは二人の手を取って、ゆっくりとエスコートする。琹は楽しそうに、エイミーは恥ずかしそうにオレについてくる。

「とても美しいです。私程度の語彙ではそれくらいしか表現できないほどに、貴女達は会場の男性の視線を釘付けにしていますね」

　二人をエスコートして会場に入ると、エッセーナ＝ハイナリック＝シルドニア第二皇女殿下が既にいた。

　なんでも今日はイドが来ているので、皇女殿下の入場は我々よりも早かったそうだ。

　そんなエッセーナ殿下のドレスは……。

「重そうですね」

「ぶっ！」

　オレの素直な感想に、横にいたカリム区長は噴き出して、琹とエイミーがオレの頭を押さえた。

「道長くん、女性に重いは禁句」

「ギルティだ！」

「いや、お前達の格好を見るにライトロードの感想は正しい。私もこのドレスには普段から辟易としていたのだよ。いいなぁ、そっちのドレスの方が動きやすそうだ」

「殿下、そういうものではございません」

「馬鹿を言うでない。周りを見てみよ、イドリアル様はともかく、男共の視線はそっちの、えーっと」

「エイミーでございます」

「そう、エイミーに集中しておる。私や他の女子よりも」

「あ、あの。えっと……」

エイミーがオレの後ろに隠れてしまう。

「なんでパーティのたびにこんなにも重い服を着ねばならんのかと前々から思っておったのよね」

「三人の衣装は私の従者、リアナの手によって生み出されたものでございます」

オレ達の更に後ろに控えていたリアナとセーナが頭を下げる。

普段のメイド服と同じだが、髪の毛だけ編み込んでいる。

エイミーがやったらしい。

「此度の献上品に確か布がありましたな。あれを使えば、ダランベール式のドレスも作れるのではないでしょうか？」

「まあそちらのドレスの意味もなんとなく分かりますが」

高い布いっぱい使ってすごいでしょ？　というお金持ちアピールだ。

「ドレスの話題などつまらんし、我が国の女共が惨めになるからもう良い。目録を見せて貰ったぞ。菓子と酒をこの場で飲めぬのが口惜しい」

「あはははは、殿下はそういうお人でございましたか」

「そうだ。そういうお人だ」

「菓子と酒、ですか……」

　あるにはある、が。

　ああ、この殿下の目。期待してるなぁ。

「カリム区長、陛下への献上品の中に、このエリアの区長様への贈答品も混ぜてしまっていたようです。私としたことが申し訳ございません」

「なんと！　やはりそうでしたか！　私ももしやと思っていたのですが、口に出すことが憚られると思いご指摘できませんでした！」

「目録と相違があっては問題ですわ！　二人とも、この場から中座することを許可いたします。すぐに確認してくださいませ！」

「はっ！　御前失礼致します」

「殿下、改めて後ほどご挨拶に参ります。リアナ、二人を頼むぞ。セーナ、イドについてやってくれ」

「「畏まりました」」

「では行きましょうか、ライトロード殿」

「ええ、参りましょう。カリム区長殿」

「……これは独り言だが、先日食べたドーナッツとやらが気になっておる。それと酒は喉が焼けるほど強いのが好きだ」

はいはい、ドーナッツはまだ在庫あった気がするから大丈夫ですよ。

お酒かぁ。ドワーフ殺しでも用意しますか？

◇◇◇

「さて、時間になりましたので、これより説明を開始いたします。メモの準備はよろしいですか？」

宴当日の色々なゴタゴタは割愛して、今日は魔導炉の作成講習だ。

魔導炉の材料や一部の道具の代金なども無事支払われたので問題ない。適正価格かどうかは分からないけど、金額を見て皇女殿下が泡吹いていたから多分問題ない。

「最初に、錬金術師に魔導炉の核となる【魔導炎の依り代】の作成指導を行います。この中で魔石の加工や魔物素材の加工を行ったことのある方は手を上げてください」

おそらく錬金術師であろう何人かが手を上げる。

「その人達は前に来てください。それ以外の人はその人達の後ろに。今手を上げた八人からの質問のみを受け付けいたします。それ以外の方は基礎が分かっていないものと考えます。何か分からないことがあったら、今手を上げた八人に講習後に質問をしてください」

「おいおい」

「マジか」

「横暴じゃねえか？」

「今日は皆さんの前で錬金術を行使しなければならないのです。こんな雑多な環境で、人の魔力が渦巻いている場所で。その状態で、かつ皆さんの質問まで受け付けていたらとてもじゃないですが魔導炉の作成なんてしていられません。オレの言葉の意味が理解できないヤツはいらんから出ていけ。理解できなくても、黙って見ているだけなら許してやる、って意味だ。分かったな？」

オレはあえて強めに言う。

その言葉に表情を引き締める人間が数人、あとは口を開けて驚いた表情をしている人間、うれしそうに手を叩くオレの身内などに分かれた。

「まず素材の準備だ。今回オレが用意したのはBランク以上の赤の水溶液、火属性の強い魔物の魔石。今回はマグマトカゲの魔石を使う。熱蓄樹の枝、フレイムバッファローの角、風向鳥の羽、魔触草。ダランベール王国で獲ってきたものだ。こちらにない物もあるかもしれないから、役割を教えながら作成していく。それぞれ代用品を考えないといけないかもしれないが、それは諸君の仕事だ。過去にこの大陸で魔導炉があったのであれば、代用品は必ず見つかる」

オレの言葉に、前列に詰めていた錬金術師達が頷く。

「まず十分に魔力を満たした錬金窯に赤の水溶液を入れて、火にかける」

オレはあらかじめ用意しておいた携帯式の錬金窯をコンロに載せて火をつける。

「赤の水溶液は、少し熱しただけで高温になる。だから火力はそんなに上げなくても大丈夫だ。ここにフレイムバッファローの角を粉末状にしたものを投入し、しばらく自然に混ぜ込む。フレイムバッファローの角は赤の水溶液に混ざりこんだ火の魔力を、マグマトカゲの魔石に浸透させるために使う」

　混ぜ棒でグルグルグル。

「フレイムバッファローの角が上手く解けない場合は、溶液なんかを使ってもいいが、その溶液も火属性由来の物がいい」

　混ぜている間に、助手のリアナがオレの横に立つ。

「風向鳥の羽は魔導炉の中の熱の動きをコントロールするために使う。熱はそのままにしておくと高い位置に移動する性質がある。魔導炉の内部、上の部分に熱が集中しないように、魔導炉が稼働中に中をかき混ぜ、空気の流れを生み出すのだが、それを補助する役割を持つ」

「なるほど」

「そうだったのか……」

「炉が割れる時に上から崩れるのは、まさか」

「その通り、魔導炉に限らず、炉の内部は熱が上に集中する。あんたらもふいごで空気を送り込むだろ？　あれは中の温度をかき混ぜる役目も持っているんだ。魔導炉ではそれを魔法で賄う」

　その間に、リアナが風向鳥の羽と魔触草をみじん切りにしてくれる。

「魔触草は、ミスリルや魔鋼鉄といった魔力を持つ物質に、魔力が逃げることなく形を変える性質を持たせる。【魔導炎の依り代】ってのは、魔導炉という空間の中の熱に魔力を宿らせる魔道具だが、あくまでも熱に反応して発動するだけ、どうしても魔力を破壊してしまう。ミスリルや魔鋼鉄は炉の温度だけじゃなく、その高い魔法防御力を突破して加工しなければならないが、魔力が逃げてしまっては元も子もない」

「んんん⁉　すまん！　今物凄く気になる発言が聞こえたのじゃが！」

質問を許していない人間、見た目からして鍛冶師だと思われる人間より声が上がった。

「オレの説明で気づいたものもいるようだが……」

さっき声を上げた鍛冶師っぽい男に視線を向けて、オレは更に言葉を紡ぐ。

「ミスリルや魔鋼鉄、それと一部の魔物素材は、熱だけでなく魔力もふんだんに籠っていないと加工することができないんだ」

「「「はあああああ⁉」」」

「やはり……」

驚きの声を出す面々と、脱力して倒れ込む鍛冶師のおっさん。

そう、いくら温度を高めても、ミスリルや魔鋼鉄は溶けきってくれないのだ。物質自体に魔力が籠っている素材は、その魔法防御力を突破しないと綺麗に溶けてくれない。

できることは鍛造くらいだ。しかしそれぞれが恐ろしく硬い物質で、自在に形を変えるとなると難しい。ヒビが入ったり歪んでしまったりで、とてもじゃないが満足な形に仕上げることができないのだ。

講堂内がざわつくが、手を叩いて再び注目を集める。

◇◇◇

「今細かく刻んだ風向鳥と魔触草を、先ほどの角の溶けきった水溶液に流し込んでなじませる。

火を止めても熱が冷めなくなったら完成だ。しばらくはこのまま弱火で熱し続ける。工程自体に難しいことはなかったと思うが、何か質問は？」

ビシッ！　と前にいた錬金術師と思われる人間が手を上げる。

「はい、一番左の人」

「最初に用意した赤の水溶液。それは動物系の物か植物系の物か、どちらが適している？」

「今回は動物系の物だ。大元の火属性の魔石がマグマトカゲだからな。大元の魔石が植物系の魔物だったら植物系がいいし、鉱物系だったら鉱物系の水溶液が合っている」

「基本だな」

「ああ、そこは変わらない。最も崩してはならない法則だ」

「魔触草といったが、あれは本来魔力の流れを阻害する素材だろう？　それがどうして魔力を逃がさない性質を生み出せるんだ？」

「素材が溶解する時に魔力が逃げる。その逃げるという行為を阻害するんだ。逃げ場のない魔力は液体と化した素材に残ってくれる」

「魔石は完全な火属性の物じゃないといけないのか？」

「ミスリル程度を加工するだけなら、風向鳥の羽を使っている関係上、風が多少混ざってる魔石でも問題ない。ただ水はない方がいいな。ミスリルは銀と同程度の温度で溶けるからな。魔鋼鉄や一部の魔物の素材は通常の炉よりも高温じゃないと溶けないから、今回は良い物を使っている」

「なるほど、ではカラドボルグの心臓などで代用はできないだろうか？」

「すまん、現物を見てないから分からん。ダランベール王国では聞いたことのない素材だ」

矢継ぎ早に質問が飛んでくるので、それを一つ一つ解決する。

「イドリアル様のご趣味は？」

「叩き出すぞ？」

「すみません」

たまに変な奴もいる。

「さて、十分に熱することができたので続きだ。ここに依り代の素となるマグマトカゲの魔石を投入」

オレは分厚い手袋をつけてマグマトカゲの魔石を窯に入れる。

「これから魔力を込めるぞ。窯に触れないように錬金術師達は上から覗いてくれ。できればハンカチで口や鼻を隠して」

持っていた何人かはハンカチを取り出し、持っていないほとんどの人間が袖などで口元を隠して窯の中の状態を確認しにくる。

何人かが覗き込んでいる状態で、魔力を込めて窯の魔核を作動させる。

流石にカリム区長が集めた錬金術師だ。汗やツバが入らないように、何も言わずにすぐに離れてくれた。

「熱がどんどん吸い寄せられていっているように見えるな」

「てかとんでもない魔力籠ってんな！　こんなに早く吸い込まれていくなんて」

「実際にそうなんだろう」

「ここまで強力な火の魔石なんぞ簡単には手に入らんぞ」

「この炉で作った武器を持たせて、騎士団連中に依頼をかければよかろう」

「魔触草の役割に気づけてさえいれば……ミスリルや魔鋼鉄の性質にもっと目を向けるべきだったな。それさえ気づけていれば、我々の技術でもなんとか作成はできる」

「百年ものあいだ我らは何をしていたんだ……」

窯から離れて、思い思いに口を開く。

「その分製鉄の技術が上がったから無駄じゃないさ。お前さん達の作成した炉で生成された鋼鉄、中々のものだぞ」

港町の近くで見かけた武具だ。鋼鉄製で、地面に放置されてた数々の武器で使われていた鋼鉄。それらの仕上がりは見事だった。

「温度を上げるべきだと思ってたからなぁ。その分製鉄や製鋼の時間が短縮されるようになって、不純物も取り除きやすくなったと。鋼鉄の質はかなり良くなったってじい様に聞いたな」

「鉄より鋼鉄の方が用意しやすいくらいだからな」

「ああ、鋼鉄じゃ硬すぎるって言ってんのに、鋼鉄を用意されたりな。素人じゃないんだ、分かるんだよ」

最後の一言に、後ろに控えていた鍛冶師達が視線を背ける。

「さて、十分にマグマトカゲの魔石の中に吸収されたな。中に残ってる液体はあとでまた使うから捨てないように。次は鍛冶師のお仕事……と言いつつ、魔術師の皆さんにも関わってくる、炉の作成だ」

◇◇◇

講堂から移動して、魔導炉を建設する予定地に全員で移動だ。

石積みの大きな建物。

こちらには試作品の魔導炉がいくつか並んでいる。通常の形の溶鉱炉から、反射炉のように縦長の作りのものまで。

そしてその横には、グズグズに黒くなり崩れた謎の残骸。

オレはそれを手に取る。

「すげえな。火竜の鱗かこれ」

「ああそうだ。火力が高いから色々と試してみたら、ここまでのレベルになった」

「とんでもない技術だな。製鉄もすぐ終わるだろ」

「うむ、おかげで鉄の中に別の特性を持った鉄があることも判明した」

楽しそうに話す鍛冶師の一人。

恐らく普通の鉄鉱石の中に、鉄のような見た目の金属なんかが含まれていたんだろう。

「だが火力が高すぎるのも問題だな。炉の周りを囲っているレンガが崩れてしまう。二重三重に重ねても内側から崩れるから意味をなさない。もちろん使ってるのは普通のレンガじゃなくて熱に強いレンガなのだがな」

「そりゃあそうだろ。耐熱レンガにも限界がある」

多分これはオレが用意したものとあまり変わらないだろう。

「色々と奇抜な作りの物もあって興味深いが、今回オレが用意するのは一般的な丸形の炉だ。鍛冶師の親方クラスの人達、それと魔導士全員前に」

先ほどと同じように、今度は錬金術師達が下がり、親方軍団が前にくる。

「オレが用意しておいた耐熱レンガはこれなんだが、あっちの溶鉱炉で使ってるレンガよりは熱に弱い代物だろうな。一応こっちで必要な分を用意する契約だから、今回はこれを使う。次回以降は使いたいレンガを使ってくれ」

「ああ、分かった」

「レンガの積み方に関しては、見た感じ問題ない。素人に毛が生えた程度のオレよりも、あんた達職人方の方が詳しいくらいだ」

「ふふん、そうだろう」

「だから積み方の説明は省略だ。一気に説明するぞ」

「あ？　ああ」

オレは頷くと、イリーナと栞が地面に穴を掘っていく。

「積み終わり、形を作った溶鉱炉には魔力回路を走らせる必要がある。この辺はお前達も知らなかった部分だろう？」

「ああ、単純に火入れをすればいいものと思っていた」

「そこが問題点。せっかくの【魔導炎の依り代】も、魔力の通り道を作ってあげなきゃ熱に魔力を与えるだけの存在になる、魔導炉は中に魔力が充満するからこその魔導炉だ。だから最初の火入れは魔導士が行うし、魔力回路の作成も魔導士や錬金術師がやった方がいい」

「魔力回路？」

「人間でも魔法を使う時に体内を魔力が移動する。その通り道の事を魔力回路っていうんだ。あんたらが今まで作っていた魔導炉は、見た感じその魔力回路が出来てない。せっかく錬金術師が正しく【魔導炎の依り代】を作成しても、そこから発する魔力がきちんと素材に向かわないと意味がないんだ」

　オレの言葉に、鍛冶師達が腕を組んで首を捻る。

「鍋を温めるのに火を横で起こしても意味がないってことだ。ちゃんと鍋に火を当てるように置くだろう？」

「「「　ああ、なるほど！　」」」

え⁉　今ので分かったの⁉　てか誰‼

「やあ、はかどってるかい？」

「「「　区長　」」」

錬金術師達と魔導士が胸に手を当てて姿勢を正す。

鍛冶師は知らんぷりだ。仲悪いの？

「ああ、続けてくれて構わんよ。火の魔法は私も得意とするものでね。火入れは是非任せて欲しいと思って来たんだ」

「まあいいっすけど」

　早急に丸く穴を掘り終えたイリーナと栞が飛び上がって穴から出て来た。

「でだ、火に強いレンガで作った炉がこちら」

ドスン！　と魔法の手提げから炉をその穴の上に取り出す。外側だけで、下面はまだレンガを敷いていない。

「「「はぁ!?」」」

「手作業でレンガを載せてセメントで固めるんだが、これだけに集中しても一週間くらいかかるから作っておいた」

リアナとセーナとイリーナと、時々栞とイドが混ざって。眠らずに活動できてかつ力の強いホムンクルスだからこそなせる業だ。

「で、魔導回路を作成するのに使うのがこれ」

先ほどの錬金で使わなかった畜熱樹の枝と、魔石に入りきらなかった液体だ。

「これで魔導回路を炉の内側に魔力を込めつつ描いていく。魔法陣を描く時の要領でね。でも魔力を流すのに失敗すると、中で液体が燃え出すから気を付けて作業を行う事。さあカリム区長。これは火入れする人の仕事ですよ！」

「げっ」

オレはその間に紙を一枚、近くにあった机に広げる。

「魔導回路はこんな感じで引くのが効率がいい。今回は炉の内側にチョークで線を描いておいたから、そこに沿って区長が描いてくれれば大丈夫だ。何、三、四時間で終わる作業ですよ」

「え、マジで？」

「マジです」

オレは魔導士の中でも一番偉いというエリア魔導隊の隊長さんにその紙を渡した。

実はこの魔導回路、二世代ほど前の魔導回路だ。今のダランベールではもっと効率のいい魔導回路の配置と、中に魔法陣を作成して火入れをする方式を取っている。

流石に最新技術を相手に渡すというのは、ダランベールでこの方式を開発した人に申し訳がないからね。

「むう」

「さあ、頑張って」

オレは蓄熱樹の枝を折って、ハンマーで叩いて繊維を崩して筆代わりにすると、それをカップにいれた錬金液と一緒に渡す。

「あ、危なくないよな?」

「魔力の扱いに長けている人間なら危なくはないかな」

「むぐ」

「魔力の扱いが下手な人だと、その液体に着火させちゃうから危ないけど。さあ区長はどっちだろうなぁ」

なんかしゃしゃってきた区長をニヤニヤ眺める。

「梯子かけとくんで、中で描き描きしてください」

「わ、分かった、やろう」

「んじゃ他はメシ休憩な、三時間後にここ集合で。区長の作業を見たい人は残って見てていいよ。あ、区長、炉の中で火はおこさないでくださいね。暗いと思うなら明かりの魔法を使ってください。じゃあかいさーん」

スーパー面倒な作業だ。誰も手を上げなかったら自分がやらなきゃいけないなと思っていたので、助かる。

一度区長館に戻って、食事と休憩を挟むことにする。

◇◇◇

「お、終わったぞ。疲れた……」

「ご苦労様です。マナポーションどうぞ」

オレは区長に自作のマナポーション（劣）を渡して、集まった面々の顔を確認……しても覚えていないから、人数で確認。

うん、いない人はいないね。むしろ増えている。

「一応魔力回路、正しく描いてあるか確認しておきます」

「ああ、頼む」

いくら線に沿っての作業とはいえ、魔力を込めてそれを液体に残しながら、途切れることなく引く作業だ。

非常に大変で面倒なのである。間違っていたり魔力が途切れていたりすると、失敗ではないが効力がやや落ちる。

線を一つ一つ確認し、問題なく魔力回路が生成されていることを確認すると、穴から顔を出して中から出る。

どっこいせ。

「問題ないですね。それじゃあきっちり中に土を戻して、下も塞ぎます」

再びイリーナと栞の出番だが、先ほどと違い炉が邪魔なので、イリーナが穴を埋めて栞が土を炉の入り口近くに運んでいる。

ギリギリまで土を入れて上からスコップで叩きつけ、凹んだところに土を埋める作業を何度も繰り返して貰い、極力水平にする。

その後、炉の外側と同じように、下にイリーナにレンガ敷いて貰い、溶路を刻んだレンガを置いて、取り出し口にジョイントさせれば完成だ。角度がキツすぎてもユルすぎてもダメ。

この辺はオレよりも鍛冶師の親方達の方が詳しいと思う。

「今日作った【魔導炎の依り代】は、埋め込めるように石板を用意した。これを炉の中心の床の部分に取り付ける、更に初回の焼き入れ用の木炭を敷き詰めて、その上に植物系の魔物の素材、トレントの枝とかそういうのね、それを壁に触らないように等間隔で配置」

「いよいよ焼き入れか」

「そうだね。この炉には左右に空気口を作ってあるし、煙突もついてるから、素材と燃料の投入口の蓋を閉めるだけ。その蓋は出来れば魔鋼鉄製の物がいい。過去の時代の物は残っているかい？」

「ああ、あったが」

「あったが？」

「戦士が盾代わりに使っちまった」

「あちゃぁ」

まあ頑丈で熱に強いからね。

「一応オレの方で用意しておいたからこれを使うよ。分かってるだろうけど、火入れ中に素手で触るなよ?」

「ああ、もちろんだ。オレ達も弟子にまずそこから教える」

火傷と呼ぶにはむごたらしすぎるレベルで手がコゲるからね。

「よし。じゃあそこの素材口から体を突っ込んで、【魔導炎の依り代】に火の魔力を込めて着火を」

「こいつも入れてくれ」

鍛冶師の一人が、くたびれてボロボロになった一本の木剣を持ってきた。

「木剣?」

「ああ、そうか。お前さん、外の人間だもんな」

「オレ達の風習だ。新しい炉を作る時、天寿を全うした武器を一つ入れて供養を行う。最後まで使いこまれた武器に感謝を込めて。そしてその武器に眠る崇高な魂が、今後作られる新しい武器に引き継がれるように、との祈りを込めてな」

「こいつは近くの剣術道場で、多くの門下生の剣を受け続けて来た師範の愛剣だ。まあ見ての通りボロボロだからいつ折れるか分かんねえ。だから、新しいのを渡す代わりに譲って貰ったんだ」

鍛冶師の親方が口々に言う。

「いい風習だな」

「だろ？」

カリム区長もその風習を知っているようで、剣を受け取った後全員から見える位置に掲げた。

鍛冶師達は皆、膝を落として頭を下げる。

周りを見渡していると、錬金術師や魔導士達も続いて頭を下げる。

カリム区長が祝詞のような言葉を口にし始めた。

「何か宗教っぽいね」

「静かにしてなさい」

栞がコソコソ話しかけてきたから注意。

カリム区長が木剣を上下左右に振った後、魔導炉のほうに振り返り、その木剣を魔導炉の中に一緒にしまいこむ。

「火を着ける」

「「「　おおおおおおおおおおお‼　」」」

鍛冶師達から声が上がり、カリム区長が炉の中の【魔導炎の依り代】を起動させる。

炉の中でカリム区長の魔力が広がり、魔導炉内の魔導回路に魔力が通っていくのを確認する。

カリム区長もかなりの魔力量の保持者のようだ。

低い姿勢どころか、ほぼ地べたに寝ころんで作業をしていた区長の足を、親方二人に掴んで貰い引っ張り出す。

「コホ、コホ、これでいいのか」

「完璧だ。半日ほどかけて炉内が最大温度になるだろうから、炎が切れないように空気と燃料を定期的に送り込む。大丈夫だと思うが、作業する人間以外は近づけないようにしてくれ」

「ああ、問題ない」

「明日の朝まで燃焼を続けさせてくれ。火を止めたら炉自体や内部、床などのひび割れなどが発生していないか確認も怠らないこと」

「もちろんだ」

「まあその辺は親方達に任せるよ。良い物を作ってくれ」

「ああ、その。なんだ」

カリム区長だけでなく、おっさん達がモジモジしている。

「おう？」

「感謝する。これは俺達の悲願だった、先人達も浮かばれるだろう」

「そっか、役に立ててなによりだ。もうちょっと錬金術師や鍛冶師、魔導士達でコミュニケーションを取った方がいいぞ。お前さん方が互いに対等に意見を言い合える場を用意するべきだ。その環境があれば、オレなんかの力を借りなくともあんた達だけで魔導炉が作れてたはずだからな。あんたらにはそれだけの腕がある」

錬金術師は【魔導炎の依り代】を作れない訳じゃなかったが、ミスリルや魔鋼鉄の性質をあまり知らなかったのだろう。魔法防御を突破する性質を魔導炎の依り代に持たせることを知らなかった。

そして鍛冶師達は、単純に火力だけでそれらの加工を行えるものと信じていた。

魔導士達は火入れをするだけで、自分達の仕事は他にないと思っていた。

全員がそれぞれ腹を割って話す事ができていれば、魔導炉はとっくの昔に作れていたかもしれない。

オレの言葉に目を丸くする一同。互いに視線を交わし、苦笑いしたり恥ずかしそうな表情をしたり様々だ。

……おっさんばかりだが。

「じゃ、依頼は終わりだな。オレ達は一度港に戻るよ」

「む？　だがライトロード殿、あと四日もすれば再度会談を執り行うのではないのか？」

「待ってるよ」

「待て！　皇女殿下に再びご足労をお掛けする気か⁉」

「さいなら〜」

荷物は各自魔法の鞄に入れているので早々に逃げ出す！

イド様がいるところに来ればいいんだよ！

◇◇◇

「さて、無事に逃げ帰ることもできたし、改めて開拓作業か。懐かしいな」

「オーガの里で色々やった時以来だね〜」

「私、それ知らない……」

「わたしも」

「イリーナも！」

とはいうものの、自分達でやる訳ではないが。

「ウッドゴーレム達は、街壁まで伸びた木々の伐採をしているみたいですね」

「ああ、もうそこまでいったか」

街に入ったら、大きな岩や瓦礫がほぼ片付けられていた。

港町を囲う石造りの壁の周りの木々も片付けてくれている。あそこが片付かないと、木を登って魔物が入ってきちゃうからね。

もちろん壁は作り直しだ。ベインにより破壊されている部分が多すぎる。

「よし、じゃあ転移門を作るか」

オレは魔法の鞄から真っ赤で大きな鳥居を取り出した。

「さて、向こうの準備はどうかな」

鳥居の中央の空間が歪み、向こう側にダランベール王国の王城が見える。

ダランベールの王都から離れた場所に、ジジイと一緒に作成した転移門だ。

一応時間制限と、使用制限がある。

「よぉ、いきなりだな」

「どーも」

そこから顔を出したのは、ダランベール王国第二皇子、シャクティール＝ダランベールだ。

「思ったよりも早かったのぅ」

「これ以上些事にとらわれたくないんだ。大分お膳立てしといたから、あとはそっちで片付けてくれ」

「ふうむ。しかし長生きするもんじゃな。まさか他所の大陸まで足を運ぶ事になるとはな」

「【遠目の水晶球】でも話したけど、ここにいたベインと呼ばれていた大蛇のせいで、この港町は機能してなかったらしい。もう倒したが、黒竜王の眷属の一匹だったらしいぞ」

「とんでもない話じゃなぁ」

「ああ、ミチナガに頼んでおいて正解だった」

「オレというか、あんなのをさっくり倒した二人がえぐい」

イドと栞の攻撃力よ。

「ライトの剣のおかげ」

「みっちーの脚甲がすごいんさ！」

「どうも」

なんかヨイショしてくれている。

「港町自体はオレの所有物になった。街での収入があったら税金は取られるらしいけどな」

「そうか、そちらの金は入手できたか？」

「ああ。イーラって単位の金貨と銀貨と銅貨だな。三種類だった、ただ、金はあまり出回ってないらしく物々交換が主流みたいだ」

「了解だ。叔父上！　あ！　こちらに！」

「ああ！　今行く！」

ちょうど鳥居から騎士団がわっさり登場したところだ。

鳥居は巨大だから一度に百人は入ってこられる。

騎士団の後ろから雇われの冒険者、それと魔物使いの人間がロックジャイアントと呼ばれる大きな人型ゴーレムを連れて来た。流石にロックジャイアントは十メートルくらいの背があるから、鳥居を通るのはギリギリである。

「シャク殿下、人員の移動と支援物資、それと砦構築用の切り出した石材の搬入は間もなく完了します」

「了解しました。大蛇が動き回っていた土地ですから、建物の大半が使い物になりませんね」

「瓦礫は一か所に集めてある。使いたい物は自由に使ってくれ。オレは街の角っこに工房を作って拠点にするから」

「ああ、色々と掻きまわしてくれたが……」

「シャク殿下、交易の窓口になりえる港を押さえたのは、素晴らしい功績といえます」

「あー、クソ。褒めたくねぇ！」

「勲章が増えそうじゃのぅ」

いらんよ。

「オレは工房を起点にこの大陸の中央に向かうから。一応店舗として機能するようにしておくから、入り用の物があったら買いに来てくれ」

「了解した。助かった、といえば助かった」

「こやつのおかげでここまで安全にこれたんじゃ。そこは素直になりなされ、シャク殿下」

「分かってるよ！　でもなんか素直に褒めたくないんだ！」

「面倒を押し付けてきたからお返しだよ。オレとしてはひっそり入り込むこともできたんだから」

　そんな話をしていると、どこからか変な破壊音が聞こえてくる。

　その音源である鳥居に視線を向けると、シャク殿下、ジジイが明らかに嫌そうな顔をする。

「…………何？」

「なんでもない、気にするな」

「ほっほっほっほっ」

　答えは返ってこなかった。

◇◇◇

　適当にシャク殿下に仕事をぶん投げたので、オレの仕事はもう終わりって事にしておこう。

　元港町の一角、ウルクス方面に向かう道の近くに、【妖精の工房】で店舗を作成。

　クルストの街で展開した時と違い、土地はあるので適当に展開しても問題ないのが楽である。

　もちろん結界を張るのも忘れない。

「じゃあ大陸中央に向かって旅をする。現在地はここ」

　リビングでハイランド王国時代の地図を取り出し広げる。

唯一の交易口だったここの地形は変わっていないので、ある程度は読める。

「いきなり飛んでいったら、マズいの？」

「マズいだろうな。黒竜王の眷属の中でも特に強い魔物が、中央の元ハイランド王国の王都付近を縄張りにしている可能性は高い。船の結界には自信あるけど、相手はハクオウと同格の魔物の配下だ。勝てないものとして行動した方がいい」

既に一体倒したけど、あれはたまたま相性が良かっただけの可能性もある。

一応セーナが広範囲の高火力攻撃できるけど、準備に時間がかかるし、コストも莫大だ。

ああ、稲荷火や海東クラスの高火力が欲しい。

「王都を滅ぼしたほどの魔物、こ、こわいね」

「流石にそんなのに喧嘩を売るのは嫌だねー」

「シルドニアの連中は、何度かここに攻め込んで奪還しようと試みたらしい。その上で未だに人間の領土になっていない。それはイドと同族のエルフが一人いたくらいじゃ突破できないってことを意味する。だけどそこに行かないと、太陽神教の総本山には辿り着けない。無事かどうかも分からないが、過去に異世界から召喚された人間の記録は、旧ハイランド王国にしかないんだから」

旧ハイランド王国で【勇者】が召喚されたのは、黒竜王の暴れた時代だ。

しかし、召喚された【勇者】の手元には聖剣がなく、黒竜王との戦いで命を落としたと伝えられている。

こちらでは勇者の敗北が、ハイランド王国の滅亡とセットで語り継がれているらしい。ダランベールでも確認できた話だ。勇者が敗北したから、とダランベールに船で逃げてきた人間から伝わっている。

オレ達がパーティ中にシルドニアの貴族達から聞いた話や、リアナとセーナが平民と話をして仕入れた情報とも相違はなさそうだった。

百五十年前というが、この世界では百五十年前から未だに生きている長生きな種族が存在するのだ。そういった人達が語り継いでいる以上、信憑性は高い。

「問題は未だにその一角が、黒竜王の眷属の支配下にあることだな」

具体的にどういう支配体制になっているのかは不明だが、シルドニアの土地の先は黒竜王の眷属が支配している領域で、人間が近づくと魔物による総攻撃を受けるらしい。

とはいえその領域から逃げると、もう追ってはこないとの話。

鋭利な刃物のような手足をもった、平べったくて大きい魔物の群れらしい。系統が分からんな。

この国の鋼鉄の武器では、相当腕利きでないとダメージを与えられないらしく、魔鋼鉄製の魔剣でもないとあまり有効ではないらしい。

また、魔法も効きにくく、中々強力な魔物とのことだ。

ミスリルや魔鋼鉄の武器が広まれば押し返せるようになるかもしれないけど。

「ああ、海東が欲しい……」

範囲攻撃手段の乏しい我々だ。セーナはいるが、数が多いと持久戦になりかねない。そうなるとセーナだけでは厳しい。

一番範囲の広い魔法が使えるのは、我が家の魔王様ことエイミーだけど、本人が尻込みするのであまり戦場に立たせたくない。

「せ、セーナが頑張りますから！」

「イリーナも！」

「ありがとう、でも危ないかもしれないから、何度か当たってみて確かめないとだな」

最悪聖剣を使う方法もあるが、やはり持久力に欠ける。

それに聖剣を使うと、オレ自身が身動きが取れなくなるのだ。

「とりあえず、オレと栞が馬車で近くまで移動するは確定として……イドはどうする？」

斥候としての能力はセーナよりも栞の方が高い。旅の同伴者としては栞を優先する。

「あんまり、行きたくない」

「イドっち、チヤホヤされればいいじゃない」

「イドを連れて行けたら、各街や村でトラブルは少なくなるだろうし、魔物との戦闘も楽になりそう。だけど、行く先々で変な足止めを食らう可能性も出て来るか」

「イドさんはシルドニアの国の人に囲まれてしまいそうです……」

「そうなんだよな」

「あまりいい気分ではない」

「ここで工房を守ってくれるなら残ってくれていいが、残っても面倒に巻き込まれる可能性はあるか」

「ライトがすぐに戻ればいい」

「そうは言ってもなぁ」

馬車の中の転移ドアを使えば、すぐに工房に戻ってこられる。しかし転移ドアは馬車が動いている間は使えないのだ。

「そうすると、イド、セーナがここでお留守番確定？　店員がもうちょい必要か」

ダランベールの騎士や冒険者がこっちに来るから、多少お店を開けておいてあげたい。

「あたしとイリーナがみっちーの護衛ね」

近接戦闘能力の高い二人だ。遠距離はオレが受け持つ形になるかな？

セーナは栞の能力の一部を引き継いでいるから、栞とは基本的に別行動だ。

「回復持ちのリアナさんが一緒に行かなくていいんですか？」

「工房には回復アイテムがたんまり」

「ご主人様のお師匠様や、ダランベールの騎士達がここにはいるわ。こっちでの魔物の襲撃は対処できるはず。ご主人様に何かあった時のために、リアナも連れて行くべきよ」

「うーん」

「私、お店で頑張るよ。道長くんの工房は私が守るわ」

「そ、そうか？」

リアナがいないと、怪我人はともかく病気や毒の状態異常の診断ができないかもしれない。

あ、でも別に店舗経営する必要は今回ないか？

んー、でもどうするか。店舗開けないとやる事ないだろうし。

「……分かった。じゃあ工房はエイミー、セーナに任せる。なるべくこっちに戻れる日は戻るから。そもそも無理にお店を開ける必要もないんだし」

「でも、やらせて？　せっかく一年もお店で頑張ったんだもん」

「エイミーの手伝いは私に任せて！」

セーナも力こぶを見せる。

「エイミーがやりたいならいいよ」

「ライト、わたしもいる」

「お前には二人を任せる。絶対に守ってくれ」

「ん」

イドも頷き、了承してくれる。

さて、今日はゆっくり休もうかな。

◇◇◇

旅支度といっても、基本的に荷物は全部手提げの中だ。

前回カリム区長の統治するウルクスに向かった時も、準備が必要なものはほぼなかった。

ホムンクルスの馬に馬車を引かせて、ただゆっくりと移動するだけであった。

しかし、このゆっくりというのに不満を持つのが栞である。

「車作ろう！」

「悪路ばっかでダメだ。金属製の車は車重で動けなくなる」

「ひこうき！」

「空中の魔物は手ごわいし、地上から人間の攻撃も受けるぞ」

　空を飛んでいるものは全部魔物というのが常識だ。

　エイミーが幻術をかけても襲われる時は襲われる。ハクオウの護衛がないと怖い。

「あたしがやっつける！」

「人間もか？　第一、常識外の存在に攻撃を受ける可能性も考慮しないといけないんだ。空中は危険すぎる」

　海東のような常識外れの化け物魔法使いがこの世には存在するんだ。

　エルフ達もそうだし、シャク王子の兄、第一王子のウォルクス＝ダランベールもその一人だ。どんなに強固な結界でも空中では踏ん張りがきかず吹き飛ばされる可能性を考慮しないといけない。

　空間ごと固定できないようであれば、耐えることができない。そして、それを空中で行うことができる人間はおそらくいない。

「ばいく！」

「二人乗りか？　イリーナは小さいから乗れるか……だったらお前走って並べよ」

「あたし⁉　みっちー走りなよ！」

「オレじゃ三分ももたん」

「あたしも疲れるから、や！」

　同意見だ。

「ホバークラフト！」

「仕組みが分からん、お前知ってるか？」

「知らん！　エイちゃん知らない？」

「ごめん、分かんないや」

「むぅぅ」

なんか空気で浮かせてるんだよな、あれ。

「あの、ロードボートで低空飛行じゃダメなの？」

「できないことはないけど、周りに被害がね」

「そっかあ」

ロードボートは風の鎧を纏って空を飛ぶのだ。

地表スレスレを飛ばすことは可能だが、風の鎧に触れたものは吹き飛ばされる。

近くに人がいたらかなり危険だ。

「そうだ！　じゃあ馬車を改良しよう！」

「どういう形で？　車体を重くするとやっぱり悪路ではまるぞ」

「ああいえばこういう！」

「どうも」

「むう」

唸る栞。

「あ、あの」

「おお、エイちゃん！　何かいい案が!?」

「単純に、ホムンクルスの馬を増やすとかは？　今は一頭で引かせてるから二頭にすれば速度も……」

「どうかな……そこまで差は出ないかと」

「じゃあ馬より力強くて足の速い生き物に引かせる！　竜とか！」

「竜車か」

「うん！　ファンタジーの定番！」

「それは……面白そうだな」

動物型のホムンクルスは、思考を縛りさえすれば、人間のようにドッペルゲンガーを素材として作成する必要がない。

普段馬車を引いているホムンクルスの馬は、一から作成することを諦めて、戦場で死んだ馬の死体を使用した。

馬車を引けるような大きさの竜の魔物、何種類かいた気がするな。

◇◇◇

「尻尾が邪魔だなぁ」

「だね。馬車も作りなおしになりそう」

栞と二人で魔物を眺めて腕を組む。

エイミーも作成の様子を見たいと言っていたが、魔物の死体を素体とするからここで血抜きと解体するよと告げたらそそくさと工房から出て行った。そういうのはまだ苦手らしい。

そして竜車を作るのはなんか違う気がするとの結論に栞と至った。

色々と竜の死体を地面に並べた結果、分かったことだ。

どいつもこいつも尻尾が長い。

尻尾の短い竜は地竜のタイプのみだ。歩く速度が基本的に遅い。

走る時はそこまで遅くないが、ドスドスと振動を起こしながら走る魔物、車を引かせるのには少々向いていない。

足の速い竜タイプの魔物は二足で走るが、尻尾が長いので車に当たってしまう。

でもあまり車と距離を置くと曲がる時大変だし、なにより見た目が長くなってしまうから格好悪い。

「他になんかいないの？」

「あとは鳥のタイプくらいかな？」

そこで一匹の鳥の魔物の死体を倉庫から取り出す。

「チョ〇ボ？」

「言うなって」

オレもそう思っているんだから。

茶色い毛に覆われた、体長が三メートル近い二足歩行の飛べない鳥である。

長い足と長い首が特徴のモンスターだ。

「この子にしようよ！」

「いいけど、何が合うかな」

　オレは魔法陣の描かれた紙を一枚取り出してその鳥、【ダッシュピーパ】の腹の魔核付近に置く。

　軽く魔力を流して魔法陣に走る光を目で確認。

　栞がオレの顔を覗き込んで聞いてくる。

「それは？」

「その魔物の属性を確認するための物。まあ予想通り、こいつは土寄りの風だな」

　念のためきちんと調べないといけない。魔物の属性はその種類でほぼ固定されているが、多少は個体差があるのだ。

　それに先入観だけで属性に当たりを付けるのも危険である。

　火を吐く魔物が火属性とは限らないのだ。

「それで？　どうやって作るの!?」

「まず血抜きだ」

　工房備え付けのクレーンで逆さまに釣り上げて、ギャグ漫画に出てきそうなでかい注射器にチューブを取り付けて、ダッシュピーパの首に刺す。

　魔道具が取り付けられているバケツに、ダバダバと血液が流れだす。

「うえぇ、すごい匂い」

「まあなぁ」

　普通の血抜きではない、魔道具を使った血抜きだ。見る見るうちにダッシュピーパの体は縮んでいき、カラカラになる。

その状態で胸の部分を切り裂き、魔石を取り出してテーブルの上に置く。

「ほっほぅ、手慣れてるね！」

「お前らはみんな魔物倒してくるだけだもんな」

普通の冒険者は魔法の鞄などの高級品は持っていないので、大体その場で解体をして、必要な部位だけ持って帰ることが多い。

イドも以前、クルストの街に住んでいた最初の頃はそうだった。依頼で必要な部位と食べれる部位以外は放置だった。

ただ、錬金術師として言わせてもらえば、魔物の素材で捨てる部位はというのは少ない。血液一つとっても研究対象だ。

イドに魔法の鞄を渡して丸ごと持って帰ってきてくれと頼んだら、溢れかえるほど持って帰ってきてくれた。

倒すよりも、解体する時間の方が長かったらしい。

ちなみにクラスメート達も丸ごと持ち帰り派だ。現代日本人に解体なんて無理なのである。

この鳥もそんな魔物の一つだ。

「ちょっと車を引かせるには足が細いな」

そのままの大きさで錬成しても十分な形になるだろうが、四本足の馬や牛と違い、二本足で歩く鳥は足が細い。

パワーで走るのではなく、体の軽さで速度を確保しているのだろう。

まあ魔物だから十分パワーもあるだろうけど。

先ほど広げた何匹かの竜の魔物の属性を調べて、ダッシュピーパに近い属性を持つ竜を一体釣り上げて、血抜きを行う。

その間に、血抜きの終わったダッシュピーパの腹を開いて内臓を取り出し、魔石も回収する。

「うええ、やっぱぐろいね」

「臭いもきついしな。生物素材の解体はこういう面との戦いだ」

もう慣れたけど。

それに工房内には空気を循環させる魔道具を仕込んであるから臭いもすぐに落ち着く。

「さて、大きい方の錬金窯でも入らないか」

当然である。

ただし、こういった調合を行うための設備もこの工房には存在するのだ。

馬のホムンクルスも錬金窯には入りきらなかったからね。

「そっち持って」

「あいあい〜」

栞と二人で錬金窯を移動させる。

そして、床板を取り外し壁のハンドルを回す。床板の下から湯船よりも大きな水槽がせり上がってくる。

「おおー！」

「こいつを使うのも久しぶりだな」

これは特に大きいものを錬金する時専用の錬金窯だ。まあ窯には見えないけど。

上から覗きこんで見るだけでなく、周りからも確認できるようにガラス張りだ。

このプールの下には魔法陣が敷いてあり、熱する・冷やすといった行為も行える。ただ鍛冶設備ではないので、温度は三百度くらいまでしか上げることができない。

「でかい！　中入っていい⁉」

「そのまま煮るぞ」

「鬼か！」

「はっはっはっはっ」

◇◇◇

壁面に巻いてあるホースを取り出して水を流し込んで熱の魔法陣を稼働させる。

この大きさなので中の温度が上がるのは時間がかかるから、他の作業を始める前に温めておかなくてはならない。

今回は人肌程度の熱でいい。

「血抜きは終わったかな」

ダシュピーパと同じように竜の内臓も取り除く。

「次は魔石の加工だな」

魔石を加工して魔核にしなければならない。

ダッシュピーパの魔石を中心にするので、竜の魔石は半分に割って一番小さな錬金窯にそれぞれ投入。生命の水溶液と魂の水溶液を入れ、毎度おなじみハクオウの角の粉を上から振りかける。今回も紅の果実酒を上からかけるのは同じだ。更に知恵の実を絞って果汁を数滴中に入れる。車を引かせて走らせることを考え、風花の種を砕いたものも中に入れて風属性を強化。魔石が融合するように魔力を込めてかき混ぜる。

「やりたい！」

「ほいほい、腕輪忘れるなよ」

「りっ！」

栞がやると言ってくれたので、錬金窯に魔力を込めれるだけ込めて場所を代わる。

栞に言った腕輪とは、魔力の色をオレと同様の物に変換させる魔道具だ。

以前はオレか、ホムンクルスのリアナとセーナしか工房に入らなかったが、栞、エイミー、イドも錬金術の作業を行う手伝いを買って出るようになってくれた。

だが魔力が混入することは錬金術にとって弊害になる。

複数の人間の魔力が混ざり合うことで、イレギュラーな事態が発生する場合があるのだ。手間をかければ防げるし、大がかりで大量の素材を使う場合はその手間をかけるが、時間がかかる。

それを防ぐために作成したのがこの腕輪だ。

他人の魔力の色をオレの物に限りなく近づける魔道具。本来、そんなことはできないが、オレの作成した蘇生薬で復活した栞とエイミーの魔力はオレの魔力の影響を受けているので、この腕輪で魔力の色を修正できるのである。

ぶっちゃけ栞達が窯をかき混ぜてくれるだけでもすごい助かるので、この腕輪は素晴らしい発明だったと思う。

だって錬金術って、基本的に窯に入れた素材をかき混ぜる作業なんだぜ？　難易度の高い錬金や素材の多い錬金、一度に量を必要とする錬金をすると腕がパンパンになってしまうのだ。

栞が腕輪を付けたので、オレはその腕輪に魔力を通して起動させる。

「ふんふふんふーん♪　名前どうしようっかー」

「鼻歌はいいけどツバ飛ばすなよ？」

「むうっ」

人型ではないとはいえホムンクルスの錬成だ。髪の毛やツバが少量入っただけで妙な変化が起こる可能性がある。

一応抽出できるけど、面倒な作業だからやりたくない。

栞にマスクを渡し、念のためオレ自身もつける。

栞がかき混ぜている間に、水槽側の水を培養液に変化させなければならない。

生命の水溶液と魂の水溶液を多めに流し込んで、ハクオウの角粉を少量と、ハクオウの鱗一枚分を粉末にしたものを入れて杖で混ぜる。

「こんなもん？」

「どれどれ？　ああ、バッチリだ」

栞の受け持っていた窯の魔石が液状化した。

冥界で入手した魂石と呼ばれるアイテムに、魔法の筆で小さく印をつけてゆっくりとその窯に落とす。

　こうすることにより、魂石を中心に液体が渦を巻いて固形化されていく。

　完全な球体になったら、窯に蓋をして置いておく。

「栞、その二匹水槽に入れて」

「ええ！　重いじゃん！　尻尾側持ってよ」

「ち」

　圧倒的にオレより力の強い自称乙女に文句を言われ、仕方なく二人でやる。

　特別な紐で作成したネットに溶解石を入れて水槽に投じる。水槽が深いのでこうしないと溶解石が回収できなくなるのだ。

　溶解石が効果を発揮し、二匹の魔物の体が溶けていく。細かい描写はあれなので、栞の顔がアワアワしていることだけ伝えておこう。

「こう、なんていうか生き物が溶けていく様って」

「やめておきなさい」

　グロいから。

「あとでエイちゃんに語ろう」

「ほどほどにな」

　我が家の魔王様を怒らせないでくれ。

　オレはその間に先ほど作成した魔核に、彫刻刀のような錬金刀で魔力を込めながら魔法陣を刻んでいく。

肉体の生成を促す陣だ。

単純に魔法陣を作成するのではなく、完成時の姿を想像しながら彫ると出来が良くなるような気がする。

まあ要するにチョ◯ボ。

「溶けたよー」

「ああ、こっちも出来た」

完全に溶けたところで、栞が厚手の手袋を付けて溶解石を取り出しておいてくれた。

素手で触ると危ないものだからね。

専用のケースにその石をしまう。

「さて、水槽から離れてくれ」

「分かった」

栞を退げて、水槽の下に置いてある魔法陣に魔力を思いっきり込める。

単純に大きいサイズの物を作成するので、持っていかれる量がかなり多い。

「ととっ」

「大丈夫?」

ふら付いたオレの体を、栞が後ろから支えてくれた。

少しだけ心配そうにこちらを見つめてくる。

「悪い、エーテル飲むわ」

「ん、座ってて」

栞がそそくさとエーテルを注いでくれたので、それを飲んで休憩。

なんか嬉しそうにこっちを見ている栞が気になる。

「なに？」

「なんでもー？　それより名前どうしよっか！」

「栞だけで決めていいのか？」

オレの頭にセーナの顔がよぎった。

「ダメだった！」

「だろ？」

たわいもない話をしながら、魔力の回復を待つ。

魔力が全快になったから、再び水槽に魔力を投入。

作成した魔核を水槽に沈めると、魔核を中心に人口筋肉や骨が生成され、最後に卵の殻が作成されてそれらを包んだ。

オレが一抱えして持つほどの大きな卵が完成したので、それを取り出して、リアナ達に与える時と同じ要領で魔力を注ぐ。

ほどなくして卵にひびが入り、大きなヒヨコが生まれた。

このまま工房で育つのを待つのもいいが、他のメンバーも気にしているらしいので外に出す。

こうして新しい仲間が生まれたのであった。

◇◇◇

「ライトロード！　なぜ軍を引き入れた！」

翌日、皇女様が乗り込んできました。

天気が良かったのでお庭でご飯を食べていたら強襲してきた。

「例の使節団ですね。王子も見えられてますよ？」

「先ほど挨拶をした！」

「え？　十日後って話でしたよね。あと三日はあると思いましたが」

「前もってお前から話を聞きたかったんだ！」

ではお話と洒落込みますか。

「とりあえず、ご飯一緒に召し上がりますか？　そこでお話をしましょう」

「食事など喉を通るものか」

「イドも準備手伝ったのになぁ」

「並べた」

「是非頂きますわ！　それと並べたお皿も買い取らせて頂きますわ！」

「やめなさい、気持ち悪い」

食いついて来る方向が怖い。

「コホン。それで？　どういうおつもりなのですか？　いきなり他国の軍が自領に現れて、我々が黙っているとでも？」

「ここは私の土地です。皇女殿下も確認されたでしょう？」

「たとえ貴方の土地であろうとも、です！　あのような魔道具があるなどとは思いもよりませんでしたわ！」

「どちらにしても船で来られたでしょう」

「何日もかけてこちらに来るのと、扉一つで移動するのとでは訳が違います！」

「大丈夫。あの扉はいずれ動かなくなりますから」

「はい？」

「そういう物なんです。無限に人や物を転送し続けられる仕組みなんて、オレが知っている限りはダンジョンにしかありません。それもダンジョンという巨大なエネルギーの塊の中にあるからです。あれはそういう物じゃないです」

　嘘ですけど。

「そ、そうなんですの？」

「ええ。あの扉は設置してから三日もすれば機能しなくなる、使い捨ての魔道具ですから。それにダランベール王国としても、扉を万が一奪われた時に備えて、常に内側の防御を固めておかねばなりません」

「確かにそれはそうですが……」

「今回あれを用意したのは、ダランベールの第二王子をこちらにお連れするためでございます。王族のために、ああいう道具で安全にこちらにお連れする事に問題はないかと存じますが？」

「そ、その……」

「それとも王族に命懸けの航海に臨めと？　安全な手段があるのにもかかわらず？　それこそあり得ないお話だとお思いになりませんか？」

この人も王族、皇族だからこそ理解できるはずである。

「そ、それと軍を引き連れてくるのは違う話では！」

「あれは軍ではなく王子の護衛にございます。皇女殿下も護衛の方をお連れではありませんか」

「っ！　ですが！　あの者達はなんですかっ！　大工やらが働いているように見えますけど！」

「王族の方が逗留されるのです。周辺を整えるのは当然ではありませんか」

「明らかに町の修繕を行っているようですけど⁉」

「ああ、そっちはオレが雇った者達ですね。この港町の管理を受け持った者の責任として、整備を行わせております」

「く〜〜〜〜〜」

はっはっはっはっ、お姫様と口喧嘩では負けんよ。

「ぼ、冒険者もいるようですが」

「彼らはダランベールでは自由人扱いですから、どの国にも属しておりません。そのような者達の行動をオレは制限しませんよ。我が領土内への出入りの許可を出すだけです。どうやらこの国の法では、各区長や区長に任された代官にその権限が与えられるそうなのでオレでも問題ないでしょう？」

その辺は勉強しておきました！

「くっ！」

「むしろ、皇女殿下や皇族の方々がその権限内に口を出されるのは越権行為であると認識しておりますが、それに関してはどうお思いですか？」

「別に口を出している訳ではない！　ただ質問をしただけである！」

「ええ、オレもそう存じております。皇女殿下」

意地悪はこれくらいにして、こちらの情報をある程度流しておこう。

「まあ冗談はこれくらいにして」

睨まないで欲しい。

「彼らが海を渡った本当の理由ですが」

「！」

「太陽神教の総本山、そこに到達することですね」

「は？　本気で言っているんですの？」

「ええ、こちらの内情を存じ上げませんでしたから」

太陽神教の本拠地。それは旧ハイランド王国の王都にあった。

黒竜王によりことごとく破壊され、今もなお黒竜王の眷属によって守られているその王都は、シルドニア皇国から見て決して手を出すことのできない禁忌の地となっているらしい。

先日、ウルクスで情報収集をした結果だ。

この大陸の東側の大半を占めているシルドニア皇国だが、大陸の中心部に位置した旧ハイランド王都までは手が届いていない。

単純な話だが、魔物が守っているからだ。

しかもかなりの広範囲で、どのルートから向かおうとしても、魔物の群れに襲われるらしい。

「ダランベールの主教は月神教ですが、太陽神教の教えも根強く残っています。特に貴族などを中心に」

「それは素晴らしい事ですね」

「そして彼ら太陽神教の熱心な信者達の望みが、総本山への参拝。参拝でいいのか？」

こういう場合はお遍路？　巡拝？

「……そのお気持ちは痛いほど分かります。わたくし達もいずれは旧ハイランドを開放し、大聖堂を人の手に取り戻すことを常に考えておりますから」

「今までは誰も帰ってこれない海の向こうの話だったが、こうしてこちらに来れるルートが確立した以上、この流れは止まらないだろうな」

「理解できます。できますが」

「まあ、上手くご調整をなさってあげてください。魔導炉も復活させましたから、戦力の増強も可能でしょう？　シルドニア皇国とダランベール王国が共闘できれば、いかに強力な魔物といえども討伐できるはずですから」

そうして貰ったほうが、オレも旧ハイランド王都に行けるし。

「……一度戻ります」

「皇女殿下、こちらを」

オレは『遠目の水晶球』を二つ渡す。

「これは……例の遠くの者と話せる魔道具ですわね」

「ええ、進呈致します。お一つは殿下がお使いください。もう一つは殿下の信頼できる方へどうぞ。使い方はこちらです」

　めっちゃ魔力使うし、複数人で魔力を込めることはできないけど頑張って。

「よろしいのですか？」

　怪しい者を見るような目で見ないで欲しい。

「ええ。こちらの大陸に来る力がありましたので使者を任されましたが、私自身は公平でありたいと思っております。このままの交渉では、あまりにもシルドニア皇国が不利でございますから」

「……何が狙いなんです？」

「私も総本山を目指しておりますから」

「敬虔な信徒には見えないですが？」

「もちろんです。私には別の目的があります。ダランベールとシルドニア。国は違えど、手を取り合えると信じております。でないと……」

「でないと？」

「私達で総取りします」

　オレの言葉に栞とイドが嬉しそうに頷いた。

　その言葉に殿下は目を細めると、滅茶苦茶引くぐらいに丁寧な挨拶をイドにした後、退席していった。

第三話　通りすがりの錬金術師

【だっちょん】と命名されたホムンクルスの走鳥。

その体高はもう三メートルとなり、立派な成体となっていた。

ダチョウをイメージして名づけたんだろうけど、あれの倍は足太いし体も筋肉質だぞ？　見た目は茶色いチョ〇ボだし。

だっちょん専用に馬具を改良したものを装備させ、車を引かせる。

やー、やはり専用に作っただけあって速い速い。

ちなみに元々使っていた馬はイドの騎馬とした。近くに狩りに行く時に使うことにするそうだ。

現在地はウルクス地区の北部。ウルクス地区を抜けてシルドニア皇国の皇都ハイナックを目指しているところだ。

色々と横やりが入りそうなので遠回りで。

御者台にはご機嫌な栞と同じくご機嫌なイリーナ。小さい子二人でアニソン大合唱である。イリーナが上手く歌えたら、栞はキツネ耳を潰さんばかりに頭を撫で上げている。イリーナも気持ちよさそうだ。

馬車の中にはオレとリアナと一匹の蛇。

専用の浮遊卓の上に並ぶのはマグネット式の麻雀牌だ。大きさはちゃんとした牌のサイズである。

「リーチ」

「ロンです」

「ちちっ！」

「ぬあっ！」

「三色、ドラ2ですね。チェイクは、混一色ドラ2ですか」

「くうっ、覚えが早い。ダブロンいてぇ」

「ふふふ、マスターがいいですから」

暇だったので麻雀をしていた。

残念だが衣服はかけない。栞がふざけて提案したら「えっと、脱ぎますか？」とか普通に言ってくるのがリアナだからな。

そんなことされたら麻雀に集中できないのである。

チェイクとは、先日リアナが使役した蛇の魔物だ。口で牌を器用に運んで麻雀に参戦である。

すっごい賢くない？

点数計算は流石にできないけど役は覚えてるんだぜ。

「みっちー」

「どしたー？」

「まものー」

「おー、御者代わるか」

「たのむー」

ＢＧＭだったアニソン鼻歌が途切れたと思ったら、敵が近づいていたらしい。

開閉式の窓枠から体を出して御者台に移り、手綱を栞から受け取る。

「でか」

「でかいよねー」

十メートルくらいある巨人サイズだ。キノコだけど。

「こっちに気づいてるか？」

「どうだろう？　ちょっとキノコの表情は分かんないかな」

「キノコじゃ胞子とか飛ばしてくるかもしれないな。マスクつけとけ」

「マスター、どうぞ」

「ああ、悪い」

リアナが手提げを取ってくれたので、そこから手作りのマスクを取り出して栞にも渡す。

「チェイクがいるから窓を開けるなよ」

「分かりました」

ホムンクルスのリアナ、イリーナ、だっちょんは毒なんか効かない。だからマスクはいらないのでそのままだ。

だっちょんは移動速度が速い分、脚力の関係上、色々な物が後ろに飛んでくる。

だから砂除け小石除けのゴーグルも付ける。

栞は視界が狭まるのが嫌だからと付けない。小石とか飛んできても避けられるからな。

「人里の近くにあんなでかい魔物が出るのか。怖い大陸だな」

「物騒だね。あとあのキノコって美味しいのかな」

「でっかい魔物は大きさに比して食える部位は少なかったりするからな。まあ美味い奴は美味いが」

念のためだっちょんを止めて、車の備え付けの結界の魔道具を起動。防御能力も高いが、エイミーの幻術を封じ込めた、視界や臭いを誤魔化す魔法付きの優れものだ。

だっちょんの足跡や車輪の跡は残ってしまうので人力で消さないといけないのが難点。イリーナが箒で片付けてくれた。

「こっちに向かってくる感じじゃないな」

「移動速度はゆっくりに見えてそこそこ早い？」

「一歩一歩がでかいんだろう」

キノコの体からキノコの手足が生えている、巨大キノコの魔物だ。

足に見える部位には、エノキみたいに細長い白いのがびっしり。

体はマツタケ？　両手はぶっといエリンギみたい。

「食えそうだな」

「だね！」

や、実際に食うつもりはないが。

「あ、攻撃受けてるっぽい。魔法だ」

「ほんとだ。人がいるのか？　それとも魔物同士の戦いか？」

「んー、見たところ組織立った攻撃。多分人間？」

「人間か」

「加勢するー？」

「微妙だな。あの魔物の脅威度が不明だし」

「あ、嫌がってる。胞子撒いた」

「全身の隙間という隙間から胞子出てるな。あれは攻撃の反動で出たのか？　それともあの魔物の意思で出したのか」

「変なこと気にするね」

「あの胞子くらって、全身からキノコ生える病気とかになっても知らないぞ？」

「うひ！　変なこと言わないでよ！　トリハダトリハダ！」

「いい触り心地だな」

「ひゃう！」

栞の肌はトリハダというよりもち肌だ。あ、痛いです、つねらないで下さい。

「乙女の肌にタダでさわんなー！」

「さーせん」

◇◇◇

戦闘音が鳴りやみ、巨大なキノコが移動していったので、戦闘のあった場所に向かう。

別に好き好んで行く訳じゃない。進行方向なのだ。

　あのキノコの胞子がどんな作用をもたらすか分からないので、オレと栞は状態異常を無効化するアクセサリーを装備した。

　ちなみに装備すればいくらでも無効化できるものではなく、魔力を流し込まないと起動しない。多めに入れれば一週間くらい持つが、魔核は消耗品。

　魔核自体は小型なので、なんにでも入れられるのが便利だ。以前小太郎が宮廷で活動してた時に、歯に仕込んでくれと言われて引いた覚えがある。

　やったけど。

　地面がマイタケでなだらかになっている地点に辿り着くと、何人もの兵士が倒れている場に遭遇した。

　倒れているといっても、休憩しているだけのようだ。シルドニア皇国の兵士か？

　マイタケを回収している兵士もいる。食えるのか？

「こんにちは、無事ですか？」

「あ？　ああ」

　あ、ゴーグル付けたままだった。外そう。

「でっかい魔物でしたね」

「ミリオンマッシュだぞ？　知らないのか？」

「この辺りの人間ではないもので」

　兵士の代表っぽい人がこっちに歩いてきた。

「この辺りは危険だ。戻りなさい」

「危険？」

「ああ、ミリオンマッシュの胞子は毒だ。それも広範囲に広がる。その口布……便利そうだが、その程度では防げないぞ。皮膚からも入ってくる」

「ああ、そうなんですか」

キノコ毒は結構強烈なものが多い。

「しかも個体によって毒に違いが出る厄介な魔物だ。解毒方法が発見できず、村や町が全滅した記録もある。お前達も、特にそこの娘のように軽装では危険だ。早く立ち去れ。我らにも時間がないのだ」

「……その言い方ですと、解毒剤の作成はこれからなんですね」

「そうだ。だから時間がないと言っているんだ」

見ると二十人近い兵士が青い顔をしている。

頭からあの量の胞子を浴びたんだ。仕方ないことだろう。離れた所にいる魔法使いの面々も合流してきた。

「リアナ、怪我人だ！　頼む！」

「畏まりました」

チェイクを馬車の中に残し、リアナが救護箱を持って登場した。

回復魔法でも回復させられるが、今回はポーションで回復させることにした。回復魔法の使い手がこの大陸には多くないらしく、貴重な存在のようだから。

いざこざに巻き込まれる可能性もあるから黙っておいた方がいい。

でも怪我人はともかく、解毒薬もない人達を放置するのは寝覚めが悪い。

「オレは毒の解析をする。イリーナ、手伝ってくれ」

「あい！」

「メイドだ」

「メイドだな。貴族か？」

「小さい」

「獣人？　初めて見た」

「子供だ」

「……あたしのことじゃないよね？」

「イリーナの事だろ。栞は念のため車で待機。あのキノコが戻ってきたら逃げるから」

オレは手提げからテーブルセットを出してイリーナに渡す。

その上に毒の解析を行う魔法陣をセットし、胞子のダマを置いて魔法陣を起動。

毒の成分を抽出する。

「そこの足のキノコの傘部分をくれ」

「あ、ああ」

兵士が三人がかりで太い木の幹くらいあるエノキを引きずりながら持ってきた。イリーナがそれを引っ張って、ナイフで先端の傘部分を切り取り、オレに渡した。

それも魔法陣に置いて、手提げから取り出した魔物図鑑から近い物を探す。

「これは厄介だな」

今回の毒に近い成分を持つ魔物は、魔物図鑑に載っていなかった。というか、毒や呪いなどに反応するはずの魔法陣の反応が非常に薄い。

まあこの図鑑はダランベールのものだ。こちらの大陸の魔物が載っていなくても不思議はない。

別の魔法陣を取り出し、そこにビーカーを置いて胞子を入れる。

水を注いで、上から解毒剤の緑化液を掛ける。

これは解毒剤を作成する前段階の液体だ。これを振りかけると、どのタイプのどういった毒なのか方向性が分かるのだ。

しかしこちらも反応が弱い。魔法陣は正常に作動しているのに。

別のアプローチを試す。

素材の属性を調べる魔法陣だ。載せてみると、土属性の反応を示す。しかもこの反応……。

「一般的なキノコ毒かと思ったが、違うな。こいつは小さい魔物の集まりだ」

「なんだと？」

「キノコの胞子ってのは繁殖のために飛ばすものだ。あの魔物は目に見えないほど小さい自分の子供を大量に噴出しているみたいだな。これは普通の解毒剤が効かないのも頷ける」

「馬鹿な！　ならば過去に解毒できた物は……」

「たまたまこの小さな魔物に効いた成分だったんだろうな。そうなると、皮膚や肺に入った魔物を倒す薬か。皮膚から入るんじゃ下剤でも効かない。軟膏タイプかスプレーがいいか」

持ち運び用の携帯窯を取り出して、赤の水溶液を注ぐ。これは強い火属性の水溶液だ。これにジエンタの樹液を流しこんで……どうするかな、植物系と考えると弱い酸の力も必要か？

人に害を為さないレベルで、かつ、キノコの胞子を除去できるレベルか。リーパープラントの鎌葉があるな。これを少しだけすりつぶして水溶液に入れる。

あ、酸じゃないが太陽石も使おう。体内に入り込んだものを取り除くには、体内に薬を吸収させないといけないからね。ほんの少し削って入れる。

窯に魔力を込めていくと、赤の水溶液が熱を持ちつつそれらの素材と混ざり合う。

「こんなもんか？」

オレは出来た液体を布に溶かして、自分の手の甲につけてみる。

「あるじ、できた？」

「パッチテスト中だ。まあ人体に悪影響を与える物は使ってないから大丈夫だろうが」

恐らくミクロの世界の魔物だ。

しかも自分では動けないタイプの。

新しいビーカーを取り出して、そこに作成した液体を胞子に数滴落とす。

水滴をかけられた胞子が崩れていくのが見える。

ああ、顕微鏡でも作っておけばよかった。

「問題なさそうだな。リアナ、この液体で琹の体を拭いてやってくれ。全身くまなく」

「はい？　はい、分かりました」

「それと薬を香炉に入れて吸い込ませてくれ。お前も念のため、琹が終わったら同じことをすること。二人が終わったら、イリーナとだっちょんにもやってあげてくれ。チェイクにもだ。お前達が胞子を持って車に入るだろうからね」

「はい！」

自力で動ける者にはポーションを持って行かせて、足や腕が折れていた者には看護をしていたリアナに処置を頼む。

オレは自分の顔や手のひらや腕などの露出している部分を拭きながら兵士達の代表っぽい人に聞いた。

「隊長さんか？　一応解毒剤的なものが出来たが試してみるか？　自分らの伝手で作るか？」

「驚いたな、こんな短い時間で出来る物なのか……しかし……いや、頼もう。お前達も毒の危険があるから使ったのだろう？　金は……払えんが、軍の支給品、それと行軍中に入手した魔物の素材などをそちらに提供しよう」

「ああ、それでいいよ」

タダでも良かったけど、何か貰えるなら貰っておこう。

「追加で作成するから、とりあえず出来ている分を怪我人に使ってやってくれ。全身を拭き上げること。それと、なるべく密閉したテントか何かで沸騰させた湯気を吸わせるんだ。お香のように」

「分かった。それと、近くに村があるのだが、そこにも薬が必要なんだ」

「規模は？　いつぐらいから薬を待っている？」

「村人の数は、我らが出発した段階で百十人だ。ミリオンマッシュからの襲撃から今日で四日目。解毒剤を作成するためミリオンマッシュの体の一部が必要で、急ぎ我らがここまで来たのだが」

「決死の行軍だな。人の命のために自分の命を懸けて、そこまでできるあんた達を尊敬するよ」

「……嬉しいことを言ってくれる」

オレの言葉が聞こえたのだろう。兵士の何人かが照れ笑いをし、何人かが誇らしげに顔を上げた。

「何をしている！　ポーションを分けて貰ったから元気だろう！　テントを立てろ！　男女に分かれて解毒剤を体に塗るぞ！　鍋も準備しろ！　火に気を付けろよ！　グズグズするな！」

「「「はっ‼」」」

隊長さんの一喝で兵士達が一斉に動き出した。

追加の解毒剤をいくつか作り終えると、オレは栞とリアナとイリーナに連行される。

車の中で隅々まで舐めまわすように体を洗われてしまいました。

栞、お前は混ざんなよ。

◇◇◇

「……既に何人か亡くなっているのか」

「そうだ。老人を中心にな」

兵士達に案内されたのは、百人にも満たない人間が住まう小さな村だ。

人の気配が希薄で、まだ体が動く大人の男しか外にはいない。

彼らも水を運ぶのに忙しいようだ。

「ライラック隊長！」

「待たせた。薬を配布する。胞子の除去の状況はどうだ？」

「風の魔法使いを中心に実施いたしました！　人の住んでいない建物まで処理は済んでおります！」

この村に残っていた兵士だろう。彼らも顔色は悪い。

「よし、ジェシカ」

「はいっす！」

「女性の治療を任せる。村長の家を使わせて貰え。動けぬ者のところには直接行って手当てを」

「分かったっす！」

「リアナ、手伝ってやれ」

「畏まりました」

女性の兵士は数が少ない。リアナは人の看護に慣れているから力になれるはずだ。

「これから追加の分を車で作ってくる。これだけの人数がいるならもっと量が必要だ。素材は手持ちの物で事足りる」

「助かる」

「構わないよ。とりあえず完成している分は隊長さんに渡しておく。リアナ、女性は……」

「子供、妊婦、病弱の方を優先にですね」

「ああそうだ。力になってやれ」

「はい」

女性の兵士達が固まって動く中に混ざり、一緒に移動を始めるリアナ。

後ろをチェイクがついていくので、周りの女性兵士達や村人達がビクついている。

リアナの護衛はチェイクがいれば十分だろう。何気に強い魔物だし。

「栞、状態異常のアクセじゃ防げない可能性が高いから、お前は近寄るな」

「んー、でも」

「オレも村までは入らない。また全身洗われたくないからな」

「あれは楽しかったね！　またやってあげよか！」

「絶対に近寄るなよ。車の周りに魔物除けの結界を張る。そうすれば胞子は入り込めないはずだ。勝手したら今度はオレがお前を洗うからな」

「せくはらだー‼」

「しかも縛り付けて」

「えすえむだー‼」

ちょっと面白そうにするんじゃありません。

「絶対に結界から出るな。分かったな？　イリーナ、栞を含めて見張りを頼む。別の魔物が来ても迎撃に出るな。ここには戦闘のプロがいるんだ、そっちに任せろ」

「えー」

「頼むから。オレは今から、ああいう微細な魔物が嫌がる魔道具を作る。それまで我慢してくれ」

「むう、分かった」

移動中も携帯錬金窯を使い追加で薬を作成したが、流石に村人全部となると数が足りない。

手持ちの噴霧器で解毒剤、というか除菌剤を噴霧するだけでキノコの胞子がどうにかできればいいが、それも不明だから調べなければならない。

それにこういった場合、汚染されている状態でも村の人間は村を離れることができず、家にもそのまま住むことがほとんどなのだ。オレ達や兵隊がいなくなった後、人知れず村が全滅、なんてことにもなりかねない。

車に戻り、除菌剤を噴霧してキノコの胞子を撃退できるか試してみる。

菌というか魔物なのだが、幸い噴霧器で軽く振りかける程度で撃退できるようだ。

だが人間にはともかく、家や井戸もすべて以前のように清めるとなると、手持ちの素材では圧倒的に足りない。

大量にある消毒液も試してみるが……噴霧器で振りかけるレベルじゃ効かないか。

「イリーナ、隊長さんを呼んでくれ」

「はい！」

元気よく返事をしてイリーナが走っていき、隊長に声を掛ける。

イリーナは自信満々にキツネ尻尾をフリフリさせながら隊長を連れてきた。隊長の顔が若干緩んでいるが。

「あるじ、つれてきた」

「ああ、隊長さん。家々を清める気はあるか？」

「家を？」

「ああ、詳しく説明するか。窓越しで悪いが」

「いや、構わない」

「いす！　どうぞ」

「ありがとう」

イリーナが気を利かせて椅子を隊長さんに差し出し、御者台の栞に褒められている。

「こちらに来る前に説明したが、あの胞子は小さな魔物の集まりだ。それは理解できているか？」

「ああ。虫のようなものと考えている」

「調べてみたが虫と違って自分では動かないようだ。風に舞って空気中を漂い、着地した場所が生き物であれば攻撃をする、そういうものだと思う」

「そうなのか。じゃあ村の中で無事だった者は……」

「多分胞子が上手い具合に当らなかったのではないかな？　空気と一緒に吸い込まなければ、体内に入る心配はないからな。あんた達みたいに近くから攻撃をしていた人間に吸い込むなというのは無理な話だが」

オレの言葉に隊長さんが頷く。

「問題は、家の屋根や井戸の中だ。胞子は村中に充満したんだろう？　一度回復した人の体内にまた入る危険があるし、井戸の中に胞子が入っていて、水の中でもその小さな魔物が生きていれば……」

「また体内に入ってしまう可能性があるのか！」

「そうだ。先ほどの解毒剤を使って家をすべて清めなければ、住んではいられない。だが建物や井戸、畑など村人の生活エリアすべてに解毒剤を撒くとなると」

「膨大な金がかかるな」

先に金の心配かよ。

「……まあ、それもあるが、それ以前に材料が足りない。人間に回す分とオレ達の備蓄の分で終わりだ」

「そうか」

隊長さんが深いため息をつく。

「仕方ない、村を放棄させる」

「あんたが決めていいのか？」

「村長が亡くなっていた。今はこの村に代表者がいないから、俺が代わりに彼らを導かねばならない。それに、村を放棄することも視野に入れて我らは行動していた……気分の良いことではないがな」

隊長さんが首を振って、顔を上げる。

「みっちー‼」

その時、御者台の栞が突然声を荒らげた。

「どした！」

「竜！」

「竜だとっ！」

オレは窓から身を乗り出す。隊長さんが椅子を転がし立ち上がった。

「左上方！　森の方！」

遠目に見える赤い竜が翼をはためかせ、森に着地した。

「くそ、やはり来たか」

「やはり？」

「ミリオンマッシュは炎竜の好物だ！」

「え？　あいつキノコ食うの？」

以前ダンジョンで戦った事のある火竜が、何か食事をしている姿は見たことなかった。

「ミリオンマッシュの発生時、領都では厳戒態勢が敷かれた！　ミリオンマッシュも危険だが、それ以上に危険なのが炎竜だ！　場合によっては三頭も四頭も出てくるぞ！」

マジでか！

「みっちー！」

「ダメだ！」

「でもぅ」

「考えてみろ！　ミリオンマッシュが狙いならあいつの近くにいるってことだぞ！　また胞子を頭から浴びたいのか！」

「いやだけど」

兵士達のように命を懸けることなんてオレ達にはできない。薬を体に塗りこんで、肺も浄化したが、近づけばまた同じ目に合うだけだ。

「やるならイリーナだけだ」

「です！　あのかりゅーならたおしたことあるです！」

ああ、そういえばダンジョンの中で戦わせたことあるな。

こっちでは火竜の事を炎竜と呼ぶのかな？　見た目火竜だけど。

「私も火竜くらいならっ」

「火竜だけじゃないだろ。頼むから言うことを聞いてくれ」

オレが栞と話している間に、隊長さんも懐から笛を出して兵士達を呼び寄せた。

「こちらに気づいているな」

「あるじ、あいつおこってるです」

「は!?」

烈火状態の火竜と外でのバトルかよ。

「隊長！」

「マスター！」

兵士達と一緒にリアナもこちらに合流してきた。

彼らは火竜……炎竜の存在を確認すると、目を見開く。

「マスター、装備のご準備を。私は結界柵を配置いたします、遠距離でしか対応できないでしょう？」

「それはそうだが」

「既にこちらに向かっている以上、このまま閉じこもっている訳にはいかないじゃん！　広域に結界柵を配置すれば、矢や魔法で攻撃できるでしょ！」

その矢や魔法といった遠距離攻撃持ちがオレしかいないんだよなぁ。

「分かった、装備を整える。栞とリアナで広めに結界柵を地面に設置してくれ。着替えてくる」

「うい！」

「了解！」

エイミー、セーナ、イドを置いてきた以上、遠距離攻撃持ちはオレだけだ。状況的にエイミーとイドは連れてきてもキノコの胞子を浴びる危険がある。

栞を含めてオレ以外はみんな頑丈だが、体内に魔物が侵入してきた場合どうなるか分かったものではない。

馬車の窓にカーテンをかけて、旅人っぽい服装からいつもの魔導士の装備に変更する。

ローブを着て、ブーツを取り換え、迷ったが黒銀の手甲もはめる。

手提げを片手に馬車から降りると、ちょうど栞とリアナが柵を馬車の周りに設置したところだった。

「マスター、起動します」

「みっちーよろしく！」

「ああ、分かったよ。もっと近づいてくれないと攻撃できないからな」

「はい、あとはお任せいたします。さあ栞様、お体を清めますよ」

「リアナとまた洗いっこだね」

何その洗いっこって魅惑の響き、混ざりたい。

「はあ、緊張感がないな」

オレは以前使っていた杖を更にグレードアップさせた、背の高い白銀の新しい杖を手に取り、手元でカートリッジを回転させる。

「相手は炎竜だ、まあ素直に氷でいくかな。っと、隊長さん。そっちで炎竜は倒せるかい？」

「地面に降りてくれればなんとかなるかもしれんが、話が本当ならあれは激昂状態というやつなんだろう？」

「そうだなぁ」

向こうでは烈火って呼んでいたけど。

「ならば怒りが収まるまで待つしかなかろう……なんとか逃げ延びて、反撃に出るしかない」

流石は兵士達の隊長さんだ。魔物の生態にも詳しいらしい。

「しかも三匹もいる」

「え？　あ！」

着替えているうちに増えていたらしい。こちらに飛んでくる炎竜が二匹追加、三匹になっている。

怒っているのは一匹だけだが、面倒なことに変わりはない。

「先ほど目に見えるほど巨大な胞子が森から飛び上がり、更にそれらに火がついて火柱が起きていた。恐らくミリオンマッシュは炎竜に倒されたのだと思う」

「しばらくあの森は立ち入り禁止だな」

「……まあ炎で燃え上がっているから元々近寄れぬ」

炎で胞子も燃えてくれればいいんだけどね。

「流石に三匹もの炎竜を相手にできん。今村人を村長の家に押し込めて周りに水をかけさせているところだ」

「そうか。どうりで兵隊さんが少ない訳だ。ここで迎え撃つのか？」

「……それについてはスマン、先ほどいた小柄な少女がこの柵の中なら安全だと」

「あーなるほど」

栞のおしゃべりさんめ。

そんなこんなで話していると、怒り狂っている炎竜の一匹が口から炎を垂れ流し、赤い瞳でこちらを完全にロックオンしてきた。

「ひぃっ」

兵隊達の何人かが小さな悲鳴を上げる。

まあ分かる。オレも柵の中が安全だと分かっていても、若干尻込みをするレベルだ。

オレはそんな炎竜の熱い視線に応えるべく、籠手を起動させ杖を高く掲げた。

◇◇◇

目前に迫る炎竜のブレスが、オレ達と馬車目掛けて放たれる！

巨大な火炎の放射が視界を埋め尽くし、その炎が地面ごとこちらを飲み込もうと迫りくる！

兵士達が男女問わず悲鳴を上げる中、隊長さんは大きな盾を構えてオレの前に出てくれた。

しかしその炎は、栞とリアナの設置しておいてくれた結界に阻まれて霧散する。

「くっ！　何？」

歯を食いしばり、全力で防御態勢に入っていた隊長さんから驚きの声が上がる。

炎がなくなると、その眼前には血走った瞳の赤く巨大な竜。

「ひゃあ！」

炎が効かないと見るや、即座にその巨大な口を開けてこちらに首を伸ばしてきた！

「お、おい！　大丈夫なのか⁉」

「問題ないよ。それより、生きた炎竜の口の中を拝める貴重な機会だぞ？」

実際は怖いけど。

炎と同様、炎竜の噛み付きだか体当たりだか分からない攻撃も結界によって止まり、炎竜の牙の何本かに亀裂が入る。

『ＧＹＡＡＵＵＵ』

のけ反り、苦悶の悲鳴を上げる炎竜。

「マジックブースト、アイスコフィン」

両手に握る杖を掲げて、魔法の威力を高める。そして発動するのは氷の拘束魔法。

黒銀の籠手も起動させて、遠隔地に魔法を発動。

かくして、巨大な四角い氷に炎竜を封じ込めた。

「「　は⁉　」」

その光景を見た上空の炎竜の二匹が、目を細めてこちらに火球を飛ばしてくる。

怒り状態の炎竜と違い、通常の状態の炎竜はそのように攻撃をしてくることが多い。

それらの火球も結界によって阻まれる。

「すごい……」

「信じられん」

「これが魔法盾⁉　内側から魔法を撃ってなかったか？」

「物理も魔法も防ぐ防御魔法⁉」

「炎竜の噛み付きまで防げるとは⁉」

「ありえん」

兵士達に混ざっていた魔法使いが結界の特異性に気づく。

普通の魔力による盾は魔法なら魔法用、物理なら物理用に切り替えなければならない。更に盾の内側から攻撃をする場合、盾を解除しなければならないのだ。

これは盾ではなく結界だが、効果は似たようなものである。本来はこちらも結界の内側から外へは攻撃ができないのだ。

しかし、オレは黒銀の手甲で空間を飛ばして魔法を放っているため、結界をすり抜けて相手に魔法を撃つことができる。

この手甲の素材となった悪魔もその能力を持っており、仲間から強靭に守られながら、守りの外へと攻撃を繰り出してくる強敵だった。

「降りてくるぞ！」

隊長の言葉通り、炎竜が強靭なかぎ爪をこちらに振り下ろしながら飛んできた。というか落ちてきた。

「どうせなら怒ってくれないかな……そっちのがいい素材になるのに」

「「え　えええええ⁉　」」

あ、本音が出ちった。

でも下手な事をして村に被害が出るのも問題だ。

「イリーナ！」

「はい！」

車にくくりつけてあった巨大な剣を手に持ち、イリーナが結界から飛び出していった。勢いよく飛び掛かってきていた炎竜の横を通り越して、更に奥を飛ぶ炎竜へと迫っていく。

「そっちかよ。まあいいいや」

イリーナの体からキラキラと綺麗な光が放たれる。みるみると体が成長していき、小さな子供だった見た目から、背の高いグラマラスな美女へと変貌する。

色々と研究を重ねた結果、メイド服や下着も、イリーナの体の大きさが変わると同時にサイズを変えられるように作れた。

ここ一年で一番時間がかかった研究かもしれない。てか変身ヒロインの服を作る日が来るとは思わなかったよ。

「はあああああああああ‼」

身体強化をかけて空中を翔けるイリーナは、長い髪を振り乱しながら奥の炎竜の前で更に跳躍をする。

黒い大剣を振りかざし、炎竜の首を真横から切断した。

小さな体のままでは、空中で方向転換したりすると剣に振り回されるから、ああいった戦い方をする時は大きくなる。

「「「　おおおお‼　」」」

兵士達から感嘆の声が上がる。

「マジックブースト、ツインアイスパイソン」

オレは手前側にいた炎竜の足元に、巨大な氷の蛇を生み出す。

生み出された氷の蛇は、体の中腹あたりから体を分断させ頭を二つに分けて、それぞれが絡みつき、炎竜の体を拘束していく。

地面に落下中のイリーナは空中を蹴り、炎竜の頭と体を魔法の袋に片付けながら着地。

身動きの完全に封じられた炎竜の首を両断した。

「「「　おおおお‼　え⁉　誰⁉　」」」

さっきは遠目で見えていなかったようで、イリーナの変化に驚く兵士達。

「そういう種族だ。気にするな」

「「「　はぁ　」」」

適当に答えを返しつつ、氷の棺で閉じ込めた炎竜に視線を向ける。

氷は内側から溶かされ、ひび割れている。

この魔法を考えた海東だったらこのまま倒せていたかもしれないが、オレの技量では足止めにも足りないらしい。

ちょっと悔しい。

氷を砕いて炎竜が再度現れた。先ほどよりも目つきが厳しい。

『GAAAAAAAAAAA‼』

強烈な咆哮に炎竜の周りの空気が歪んで見える。

「主！」

「ああ！　どうやらダンジョンの奴より強い個体らしい！　特殊個体だ！」

魔物の中には、長い年月を経てその能力を増大化させるものが存在する。

進化とは違う、特殊な個体だ。

妙にヌンチャク捌きの上手いゴブリンだったり、引き締まった筋肉をもったスリムなオークだったり、とても小さなジャイアントだったりと様々だ。

「こいつはどんな能力だろうな」

「竜の特殊個体の相場は決まってるっす！　単純に……強くなるっす！」

兜で顔はよく見えないが、女性の看護を任されていた兵士だ。

瞬間、先ほどよりも強烈な炎がイリーナを包み込む。

「イリーナ！　よせっ！」

「焔切りっ！」

オレの叫びと同時に、イリーナが大剣を片手で振るい、炎のブレスを切り裂く！

「ひゃっ！」

視界から炎が消えた瞬間、イリーナの体が炎竜の太く長い尻尾で薙ぎ払われてしまう。

「だから言ったのに……」

イリーナの悪い癖だ。

アイツの装備ならそもそも炎は効かないのに、なんでも剣で対応しようとする。

だからああいう風に視野を狭める時があるんだ。

吹き飛ばされ空中に身を投げだされたイリーナは、空で地面を蹴って態勢を立て直す。

「うう、貴様ぁ！　主に頂いた服によくも埃を！」

尻尾と頭の耳と目くじらを立てるイリーナ。

「無事なんすか⁉」

「マジックブースト、ツインアイスパイソン」

先ほどの炎竜と同じように体を拘束するべく、氷の蛇を足元から生み出す。

『ＧＲＵＵＵ‼』

体から強烈な炎を発し、氷の蛇を瞬く間に蒸発させる炎竜。

「口から以外も炎が出せるのか……」

「だが苦しそうだな」

「あいつ自身が自分の炎に耐えられていないのかもしれないな」

強烈な炎が炎竜の体から吹き出し続けている。自身でコントロールできないのかもしれない。

オレは杖のカートリッジを回して属性を切り替える。

「目をつぶってろ！」

サングラスをかけて杖を掲げる。

「シャイニング！」

ただの閃光魔法だ。ただし、発動するのは炎竜の文字通り目の前だ。

「イリーナ！」

「はあああああああああ‼」

メイド服のスカートをひらめかせ、大剣を振り下ろすイリーナ。

炎竜の上から大剣を叩きつけると、そのまま体ごと地面まで大剣を振り下ろした。

「あ！」

「素材がダメになっちまうな」

両断された炎竜の体が左右に崩れ落ちていく。

まあ目玉や牙が手に入ればいいか。

◇◇◇

「何から何まで世話になった」

「乗りかかった船だ。それに放置したら後味が悪くなりそうだったからな」

炎竜を倒した翌日。

隊長さんを中心に兵士達、そしてその後ろに村人達が並んでいた。

兵達が使っていた馬車だろうか、子供達は荷物と一緒にそこに乗せられている。

そして兵士達が松明を準備している。

「この村は正式に放棄することになった。家も、畑もな」

「そうか、残念な結果になったな」

「全滅するはずだった村人がこれだけ生き残れたんだ。残念な結果かもしれないが、最悪の結末は避けられた」

隊長の言葉に村人達が頷く。その顔に悲壮感はあまり感じられない。

「意外と平気そうだな」

「先祖代々の土地ではあるが、こういう事態が起きれば区長の保護が受けれる」

「今の生活よりも良くなるかもしれんからな」

「死なずに済んだんだ。感謝してるよ旅人さん」

「子供達を救ってくれて礼を言うよ」

口々に感謝の言葉を告げてくる村人達。

「俺からも、お前のおかげで部下を死なせずに済んだ。それに村人達も命を落とさずに。ミリオンマッシュと戦うことに死を覚悟していたが……」

解毒剤を作るために解毒剤のない状態で毒を持つ魔物と戦う任務に就いた兵士。

まあ高確率で死ぬわな。

「まずこの紙を渡しておく」

「これは？」

「ミリオンマッシュの解毒剤のレシピと使い方だ……正確には除菌剤だがな。まあ材料が入手できるかどうかは分からんが」

「はぁ⁉」

なんといっても、ダランベール側の素材ばかりで作ったからなぁ。

「いいか、独占するな。必ずライナスのカリム区長に渡してくれ。それと、お前の知っている限りの錬金術師や薬師にレシピを伝えるんだ」

「それは……いいのか？　これだけで一生生活できるほどの財産だぞ」

「オレ一人で作っても、必要な人間の手に渡らないかもしれないだろ。作れる人間は多いに限る」

「それはそうだが」

「オレはライトロードという。怪しく思われたらオレの名前を出せばいい」

「区長の知り合いか？」

「肩を組んで飲み合った仲だよ。オレ達は旅を続けなければならない、今さら領都には戻れない」

「そ、そうか」

あの区長は、皇族の要請を無視して自分の領土を切り売りするような男だ。自分の領民を助けるためなら、除菌剤のレシピを公表して量産するだろう。

「何から何まですまんな。これは必ず区長に渡そう」

「ああ、頼むよ」

「世話になった、だが正直報いることはできない。最初に言った通り、私の権限内で物資と討伐した魔物をすべて渡そう」

そう言うと、隊長は何枚もの紙を取り出した。

「これは？」

「権限内で渡せるといっても、隊の備品だ。こうして記録に残さなければならないんだ。こちらは受け渡しの契約書、それと受け渡し品のリストだ」

「リスト多いな」

「渡せるものすべてだからな。あちらに並べておいた」

そう言って指をさすほうには、地面に無造作に置かれた物資の数々。

「こいつらで全部っす」

「やっぱり多いな」

この兵士達、使い捨てにするには練度高くないか？　勿体ない。

「まあ貰えるものは全部貰っておきましょ」

琹、軽いな。

「まあいいや。こんなにはいらんけど」

「貰ってくれ。荷物が減ればそれだけ村人の荷物が乗せられるしな」

なるほど。

「一応すべてを合わせれば五千万ケイルの価値になるはずだ……正直お前さんの功績を考えると足りないが、流石にこれ以上は村人を安全に護送する為に必要なものばかりだから、渡すのは厳しい。だが領都まで共に来てくれればこの倍以上は支払える。御同行願えるか？　それか別の機会で受け渡せるように手続きをしておくか？」

「いや、大丈夫だよ。気持ちだけ受け取っておく」

たまたま通りかかってできることをしただけなのに、わざわざ領都まで戻って褒賞を貰う必要はないだろう。

人助けして気分よくなろう。

領都に戻ったらうるさそうだし。

「ではリストを確認してサインを」

「いいよ、契約書は確認した。しっかりしている。譲渡証明書としては上等すぎるくらいだ」

「そりゃそうだ」

兵士の備品の受け渡しの証明書だ。それさえ確認出来れば問題ない。領主や国に提出する書類だからしっかりしている。

オレがサインをすると、隊長もサインをしてくれた。

「村人達を護送せねばならん。早朝からで申し訳ないが、これで失礼する。出発だ！」

「ああ、縁があったらまたどこかで」

兵士達が胸に手を当て、こちらに敬礼をすると、それぞれ荷物を持って移動を開始した。

何人かの兵士は残っている。オレに渡す荷物を管理している女性兵士と何か話した後、松明を持って村に散らばり、その家を燃やして回っていった。

「何も知らない旅人が休んだり、野盗や魔物の巣になるといけないっすから。でも村人の前でやるのは流石に……ってことっす」

「なるほどな」

兵士達は建物に火をつけ終わると、すぐに村人達を追いかけるべく馬に乗った。

「ジェシカ、またな！」

「かわいがって貰えよ！」

「うぃー！　みんなもお元気でっす！」

ジェシカ、と呼ばれた女性の兵士が一人だけ残る。

「ライトロード様、これからよろしくっす」

「は？」

兜を外したジェシカと呼ばれた女性兵士が、その短い緑色の髪の毛を掻きながらはにかんでいた。

◇◇◇

「ん？　ん？」

「いかがしましたっすか？」

「これからよろしくって？　どういうこと？」

「？」

オレが首を傾げると、その女性兵士も首を傾げていた。

「んと、自分は兵士っす」

「ああ、そうだな」

「だからっすよ？」

「どういうこと？」

「何々？」

女性兵士がうーんと頭を悩ませた後、先ほどのリストをオレに見せる。

「ここっす。【奴隷兵・ジェシカ＝クローウェン】これ自分っす」

「は？」

「へ？」

「自分奴隷っす。こう見えてあの隊の中で一番の値が付いてる奴隷なんす！」

「奴隷……」

「どれいってどれい⁉　うそ⁉」

ダランベール王国でも奴隷はいたが、犯罪奴隷だけだった。国が管理していたため、街中ではほとんど見ず、奴隷商人も貴族だから表には出てきていなかった。

「へ？　皆さん奴隷を知らんっすか？」

「言葉なら知っているが……」

「えっと、貴族の方と思ってたっすけど……まさか違うんすか⁉」

「ああ、オレ達は貴族じゃないぞ」

「あたし達はあくまでも旅をする冒険者よ！」

栞が胸を張って答える。

「可愛い奥方に綺麗なメイドを連れてるから貴族のお忍びと思ってたっす」

「かわいい、奥様‼」

「綺麗なメイド……嬉しいです」

「いりーなもきれい⁉」

「綺麗っす！　特に大きくなった時なんかすごいっす‼」

「えへへへ」

　綺麗って言葉に騙されてはいけない。

「んと、つまりあれか、兵士さんも」

「ジェシカっす！」

「ああ、すまん。ジェシカも軍の『備品』だからこうして譲渡されたと。奴隷としての権利を隊長さんの権限で移されたって訳か……」

「そういう事っす！　正直、皆さんの働きに見合う値のついた奴隷兵って自分しかいなかったっす！　自分こう見えて剣も魔法も使えて、しかも若い女で元貴族っすから！」

「元貴族？」

「あと生娘っす！」

「おういっ！」

　変な爆弾落とすんじゃねぇ！

「あははは、といっても、生まれた頃に国の孤児院に回収された人間っすよ。貴族として生活したことはないんす。領都で横領を働いた男爵家の末娘っす。あまりにも金を使い込みすぎて、当時のクローウィン男爵家の財産だけじゃ足りなくて自分も手放されたって話っす。でも自分だけで四千五百万ケイルの価値があるんすよ？　すごくないっすか？」

「お前さんも含めて五千万ケイルの価値って事か……いらんから帰れ」

「ええ⁉　今から隊に追いつけって言われても居場所ないっすよ！　結構真剣に隊長や隊員達と話し合って決めたんすから！　それにとっても名誉な話なんすから！　副長とセットでって話だったんすけど、隊長だけになると行軍に支障が出る可能性があるから、自分だけってことになったんす！　覚悟は出来てるっす！　夜伽でもなんでもするっすから、連れて行ってくださいっす！」

「夜伽、ねぇ。みっちー、イドっちだけじゃ足りない？」

「誤解を生む発言をするんじゃありません」

そういう話はしておりません。

「はぁ。そもそもオレはこの国、シルドニア皇国の人間じゃないぞ。海の向こう、ダランベール王国の人間だ」

「へ？　またまた御冗談を！　百年以上前から国交断絶してるじゃないっすか」

「本当だ。今頃領都では大騒ぎになってるぞ。まあ領都のパーティに出て一週間くらい経ってるが」

「……マジっすか？」

「マジだ。兵士達の間でも話題になってなかったのか？」

「ウチら奴隷兵はいいように使われてただけっすから、魔物討伐や野盗討伐で西に東に移動の日々っす。そういうニュースを聞く機会はあんまなかったっす。あと自分、あんまり外の話興味なかったっす」

「ああ、そうっすか……」

　胸を張って言うことじゃない。

「マスター、よろしいのではないでしょうか？」

「リアナ？」

「こちらの大陸での道案内、常識を持った人間が必要ではないかと、そう思います。今回の件も常識に齟齬があったせいですし。彼女がいれば、今後はこういった事態を防げるのではないかと思いますし」

「いや、でもなぁ。奴隷だぞ」

　正直、奴隷って響きが嫌だ。

「ジェシカさん、貴女は今までどういった生活をしてたのですか？」

「どうって？　そりゃ奴隷兵っすから……」

「その奴隷兵という物を、リアナ達は知らないのです。子供の頃から孤児院にいたというのは国の孤児院でしょうか？」

「あ、そうっす。領軍が経営してる孤児院で普通に生活できてたっす。子供の頃から適性を見られて、兵士として一人前になるように訓練を受けてたっす。適性のない人間は予備部隊に回されたり、女の子だったら食堂なんかの使用人に回されるっす。自分もそっちに行く予定だったたっすけど、攻撃魔法と剣の才能があったから兵に回されたっす。一応使用人としての教育も受けてるっす……その、房中術は見学だけっすから優しくして欲しいっすけど」

「しませんっ！」

しかし奴隷とはいえ、意外とちゃんとしているようだ。

「孤児院て教会とかの管轄じゃないんだな」

「教会っすか？　人の管理は国の仕事っすから。太陽神教のシスターとかが説法をしに来ることは多かったですし、炊き出しなんかもしてくれたっすけど。生活の保障は領主の管轄っすよ。領によってはひどい扱いを受けることもあるらしいっすから、ラッキーでしたっす」

ジェシカは姿勢を正してこちらに頭を下げる。

「奴隷兵としての責務っす。今まで領に育てて貰った自分は、領に多大な貢献をしてくださった皆様のために働くっす。邪魔なら殺してくださいっす。でも可能であれば連れてってくださいっす。このまま戻ったら脱走奴隷と見なされるかもしれないっす」

「脱走奴隷か……」

「どうしてもっていうなら、どこか大きな街に行って、代官のところで奴隷の放出の手続きを取ってくださいっす。自分は国元に戻り奴隷として再教育を受けるっすから」

おお、手放すこともできるのか。

「まあその場合、自分は多分娼館か好色貴族に売られるっすけどね。一カ月も経たずに放逐される奴隷なんて訳アリで、どうしても価値が落ちるっすから」

「重いなおいっ！」

「実際そう思われるんすもん」

これって押し売りだよな！

「マスター、彼女の教育は私が行いますから」

「リアナ……」

「マスターに絶対服従という意味では、リアナやセーナ、イリーナと変わらない存在ですから」

「ああ、既に奴隷をお持ちなんすね」

「奴隷じゃないですぅ！」

ホムンクルス達を奴隷扱いした記憶はないですぅ‼

◇◇◇

「では少々教育と……その前に清潔にして着替えさせないとですね。一度向こうに戻りますか」

「待ってくれ、リアナが乗り気なら別にいいが、とりあえずここは絶賛野焼き中なんだ。目立つから移動して、安全な場所を確保したい」

「あ、それならここから北西にダンジョンのある大きな街があるっす！　ミリオンマッシュの被害も報告されてないっすし、ちょうどいいと思うっす！」

ダンジョンのある街か。懐かしいな。

「そこなら物資の補給もできるっす。それと受け取った魔物も売れるっすよ。まあその車は目立ちそうっすけど」

「鳥が引いてるからな」

「だっちょん可愛いじゃん」

「確かにつぶらな瞳っすねぇ。撫でていいっすか？」

「いいよ」

絶対噛まないからね。

「おおお、フワフワっす！　魔物なのに大人しいっすね！」

「だっちょんは特別だからな」

「だっちょんは最強なんだよ！」

「でも見たことのない魔物っす」

「向こうの大陸のだからな」

向こうの大陸って便利な響き。

「おお、すごいっすね」

「ちなみにこいつ、攻撃されたり奪われそうになったら反撃するけど、問題ないか？」

「獣魔登録すれば問題ないっす。でもしてないっすよね？」

「どこでするんだ？」

「冒険者ギルドっす」

「冒険者ギルド、やっぱこっちにもあるんだな」

「自由都市にだけっすね。それ以外の街だと、領兵や軍が常駐してるから仕事がないんで、国や領から独立している都市にしかないっす。逆に国や領からの補助を一切受け取らない代わりに、自分達だけで生計を立てている都市を自由都市って言うっす。自分も行った事ある訳じゃないっすけど」

「結構あるのか？」

「各領土に一つあるかないかって感じっす。でかいところじゃないと商人ギルドや冒険者ギルド、魔法使いギルドは成り立たないっすから」

「そりゃそうだろうな。街単独で成り立たせるなんて中々できるもんじゃない」

「大体ダンジョンとセットになっているところが多いっすね。ダンジョンから産出する魔法の武器の価値はうなぎのぼりっすから。ぶっちゃけ自分よりも高いっす」

ああ、そういえば魔導炉ないんだっけ。

領都で作り方を説明して、実際に稼働が開始しているから、魔法武器の価値がヤバいくらい崩れる未来しか見えないな。

いくつか放出しておくか。

「とりあえず移動するか」

オレはおもむろに手提げを広げて、隊長さん達が残していった魔物の亡骸や鉄製の武器を吸い込ませる。

それを見て目を見開くのはジェシカだ。

「すごいものをお持ちなんすね！」

「自作だがな」

「自作⁉　作れるんすかっ⁉」

「ああ。素材さえあればな」

あ、でも魔導炉がないこの大陸では貴重品かもしれない。

空間魔法の核となる部分に一部魔銀を使うから。

「ほへぇ、領主の一族やその側近の貴族が持ってるのは見たことはあったっすけど」

「そういえばあんまり騒がれなかったな。上級貴族連中の間では普通なのか?」

ダランベールでも魔法の手提げは容量の関係でよく驚かれたが。

「ぶっちゃけ持ってるとは思いましたけど、そんな袋を向けただけで全部吸い込めるような物は見たことなかったっす！　驚きの吸引力っす！」

「まあ便利な機能ではあるがな」

重い物もかさばる物もどんどんとこいだ。四次元ポケットみたいに使える。

「自分、すごいところに貰われたんすね」

「押し付けてきたの間違いだろ」

「んと、その。鎧を脱いで押し付けた方がいいっすかね？　最初は躾から始まるって聞いてるっす」

「そっちはいらない」

「あたしで間に合ってるよ！」

栞の嘆きが木霊した瞬間、全員の視線が栞の胸部に集中した。

「間に合って、る、よ。ね？」

「涙目にならないで欲しいんだな」

扱い辛いから。

第四話　自由都市の錬金術師

方向感覚や土地勘は相当なものだったジェシカの案内のもと、自由都市【ヘイルダム】に無事に到着した。

今は検問を待っている状態である。

「あの、ライト様。検問があるっすけど、問題ないっすか？」

「あ？」

「入場料を取られるっすけど、ライトロード様はこの大陸出身じゃないっすよね？　こっちの金はあるんすか？」

「ある程度はあるぞ」

魔導炉のパーツの売上金を既に貰っているからね。

「でもこっちの身分証明書はないっすよね？」

「ああ、そうだな。向こうの大陸の冒険者ギルドの登録証や錬金術師ギルドの会員証ならあるけど」

「見せて貰っていいっすか？」

オレは冒険者ギルドの証明書を取り出す。

琹もだ。

琹はAランク、オレは変わらずCランクである。

「おお、同じっぽいっすね！　でも発行された都市名が聞いたことないヤツっす。大丈夫っすかね？」

　そこはなんともだなぁ。

「一応これ、魔道具なんだよな。そこをどう判断されるかだが」

「こっちの大陸っすと、冒険者ギルド自体が六つしかないから難しいかもっすね」

「だよなぁ」

「面倒事になるかもっす」

「じゃあいっそ提示しない方がいいか」

「んー、難しいっすね。自分が矢面に立てばどうにかなるかもっすけど」

　兵士姿のジェシカが交渉をすればどうにかなるかもしれない。

「とりあえず金の力でいくか？　賄賂が通じればいいけど」

「そこは難しいと思うっす。自由都市の兵士は、都市の防衛を担うエリートっすから。まあ中には奴隷兵もいるっすけど」

「そもそも普通の人間は身分証明書持ってないんじゃないか？　すべての街や村で発行してる訳じゃないだろ？」

　戸籍なんてものがない世界だからね。

「こんな立派な車を獣魔に引かせて、メイドと奴隷を連れてるんすよ？　貴族ですと名乗ってるようなもんっす。自分もライト様を貴族だと思ってたっす。そんな人が身分証も持ってないなんて、車や獣魔を奪ったと見なされてもおかしくないっすし、そうじゃなければ激しく訳アリに見られるっす！」

「なるほどなぁ。でもない物はないし……とりあえず旅の途中の錬金術師ってことにしておくか？　素材集めの旅をしているって事で」

「錬金術師って、自分で素材回収しないっすよね？」

「はっはっはっはっはっ、でも下手に嘘をつくよりいいじゃないか」

「まあそうっすけど……」

そう言いながらも、豪華な馬車が優先的に通されていくのが見える。

「あっちは？」

「あっちは、ここを根城としている商家やＶＩＰの貴族の通行口のはずっす。うちらもあっちを使うのが普通なんす。だから既に注目を浴びてるっす」

そうなのである。

この車が一般列に並んでること自体が違和感バリバリらしく、優先的に通る商家達から訝しげな視線を受けているのである。

車にオレの紋章が貼ってあるのも問題かもしれない。普通の馬車はこんなのついてないからね。

「あの、もし」

「はい、なんすか!?」

「落ち着けジェシカ」

そんな事を考えていたら、この都市の兵士が声を掛けてきた。

「随分と立派な獣魔と車ですが、そういった方はあちらの専用口に回っていただきたいのですが……」

「いや、自分達この都市初めてなんすよ。ね？　ライト様」

「ああ、領民でもないし、都市の人間でもないんだ。だからこちらに並ぶのが普通なのでは？」

「なるほど。では、ご案内いたしますので、商家用の通路にお願いします。正直申し上げますと、一般列用の出入り口ではこの車は通れませんから」

あー、なるほど。そういう物か。

「ライト様、すまないっす。その辺は詳しくなかったっす」

「ジェシカも来たことないって言ってたしな、しょうがないだろ。すまないな兵士さん。案内を頼む」

「はい、どうぞついてきてください」

案内を受けて、列を離れる。

そして商家の馬車が並ぶ列に加わった。

商家だけでなく、馬車で活動する冒険者達もこっちにいるようだ。

視線を感じる。

「大きい門っすね」

「ああ、領都ほどじゃないが立派なものだな」

「大型の魔物なんかも搬入することがあるからな。どうしても背が高くなるんだよ」

オレ達の横に並んでいた冒険者っぽい男がこちらに声を掛けてきた。

「へぇ、こんなでかい魔物を。そういえばミリオンマッシュや炎竜もでかかったもんな」

「見たのかっ⁉」

「どの辺りだ⁉」

「やはり近くにいるのか⁉」

冒険者達だけでなく、商家の人間もぎょっと、こちらに視線を向けてきた。

流石にあの大きさの魔物の情報は、みんな注目しているようだ。

「んと、ミリオンマッシュは炎竜に食われたっぽいっす。大きな胞子が爆発したように放出したあと、強力な火柱が上がってたっす。炎竜は三匹いて……」

「三匹だと⁉」

「マジか！　一匹じゃなかったのか⁉」

「ギルド連中に通達しないとっ！」

「おいおいおい⁉　どうなってやがるんだ！」

「ヘイルダムに来るのか？」

空を飛ぶ凶悪な魔物だ。街に来たら被害は甚大なものになるだろう。

先日はたまたま三匹ともこちらに向かってきたが、背後の村に向かう個体が一匹でもいたら大惨事になっていたはずだ。

「その三匹、自分のご主人様たるライト様とその従者の方が討伐したっす」

「「「　はぁ⁉　」」」

「ライト様は炎竜殺しの英雄っす」

「「「　マジでか⁉　」」」

「おい、ジェシカ……」

注意しようとしたら、ジェシカが顔を寄せて小声で話してきた。

「ここでこう言っておけば、自由都市の主要メンバー、少なくとも冒険者ギルドの長が話を聞きにくるはずっす。少なくとも街には入れるはずっす」

「そうかぁ？」

「炎竜なんて大災害っすよ？　それに実際ライト様は炎竜殺しの英雄っすから、問題ないっす。炎竜の鱗は防具としては一級品の素材っすから、高く買い取ってくれるっすよ？」

そういえば、魔導炉がないから魔物素材をそのまま使うのが防具としては最上位になるんだな。魔物素材と金属の合成ができないもんな。

「すまない、詳しく話を聞きたいのだが」

「お兄さん、冒険者っすか？　ウチらこの街初めてっすから、色々手続きしないと中入れないっす。お話はその後になるっすけど」

「いや、こっちでなんとかしよう。オレ達はAランク冒険者チーム【荒野の狩人】のケルビムだ。元々炎竜の出現で駆り出されていたチームなんだ。依頼も受けている。ギルドで詳しく話を聞きたい」

「了解っす！　ついでに自分達のギルド証もお願いしたいっす！」

「分かった、マスターに話を通そう」

おお、すんなり入れることになった。

兵士の人達も『ケルビムさんが言うなら』って雰囲気だ。

あれだな！　楽だ！

◇◇◇

「こちらで話を聞きたいのだが。その獣魔は」

「こっちじゃ獣魔って呼ぶのか？　まあ魔物みたいなもんだが、それならもう一匹いるぞ」

「そうか。登録は、まだなんだよな？　登録証もないし」

「そういうのが必要とは知らなかった」

「分かった。もろもろの手続きはこちらで行える」

オレが案内されたのは冒険者ギルド。

レンガ造りで大きくて綺麗な建物である。向こうの大陸だと建物はほとんど木造りで、レンガは領主の館や貴族の屋敷などでしか使われてないから新鮮だ。

それだけギルドの力が強いのだろう。

「車はオレの仲間で守らせよう。横に付けておいてくれ」

「了解。栞、リアナも頼む」

「あいあい」

「分かりました」

「ちちち！」

「チェイクも頼むな」

「ちちち！」

自己主張の強いヘビである。

「もってくです？」

「そうだな。武装はそのままでいいか？」

「あ、ああ、別に構わないよ」

ケルビムの案内のもと、冒険者ギルドの中に入る。オレ、イリーナ、ジェシカの三人だ。

イリーナが担ぐ大剣に注目が集まる。

まあイリーナが持つにはでかすぎるからな。

「その子供が扱うんだな……」

「そうだな。分かるか」

「ああ、手に馴染んでいるように見える」

その言葉にイリーナがふんす、と鼻息を出す。

「すまん、マスターに繋いでくれ。炎竜の案件だ」

「は、はい。分かりました」

「頼む」

受付の女性がパタパタと走っていく。ほどなくして戻ってきて、ギルドの奥に案内をしてくれた。

「こちらにどうぞ。お話をお伺いいたします」

「ああ」

「失礼します」

ジェシカを先頭に、オレとイリーナも入る。そこに座って待っていたのは、隻眼で隻腕の迫力のあるおっさんだ。

「ギルドマスターのガルムドだ」

「マスター、彼らが炎竜を討伐したそうです」

「は？　マジか？」

分かる、分かるよ。その反応。

「自分、元ウルクス奴隷兵の者っす。今回、ミリオンマッシュの解毒剤の生成と炎竜討伐の功績で、ライト様に受け渡されましたっす」

「……待て、ミリオンマッシュの解毒剤の生成って言ったか？」

「言ったっす。ライト様は凄腕の錬金術師っす。ミリオンマッシュの足からほんの数分で解毒剤を生成したっす。自分の所属していた部隊はそれで難を逃れたっす。それと、ミリオンマッシュの襲撃を受けた、というかミリオンマッシュが近くを通過した村の人達も救われたっす」

「ほお、それで奴隷兵で支払ったのか」

「そうっす。ぶっちゃけ金額的には全然足りなかったっすけど、ライト様がご納得されたのと、領都での追加報酬の支払いを辞退されたので……本当はこの倍は貰うべきだと思うっすけど」

「確かにな。討伐だけでなく、炎竜の素材もあるのならば、それこそ一財産だ。しかもダンジョンの炎竜じゃなくて外の炎竜らしいからな」

向こうでもそうだったが、同じ魔物でもダンジョン内の魔物かダンジョンの外の魔物かで、その価値は大きく変わってくるようだ。

　ダンジョン内では魔物はある程度行動が制限されるし、討伐が出来なくても冒険者達しか被害を受けない。

　それに対し、外の魔物はどこに行くか分からないから放置できない場合が多い。飛べるような魔物なんか特に移動範囲が広いから厄介だ。

「一応オレ達が確認したのは炎竜が三匹。二匹は首を落として、残り一匹は縦に真っ二つだな」

「すごいな。そんな力量があるようには見えんが……」

「オレじゃなくて、この子だな」

　横でニコニコと立っていたイリーナの頭を撫でてあげると、目を細めて気持ちよさそうにする。

「獣人か……なるほど、久しぶりに見たな。見た目通りの力って訳じゃなさそうだ。それにその剣も……魔剣の類か？」

「そうだな」

「その魔剣、売ってくれんか？　言い値で買うが」

「千兆ケイルでどうだ？」

「なるほど、売る気はないってことか」

　険しい顔をしているが、向こうとしても元々売って貰えるとは思ってなかったのか、すぐに表情を戻した。

「念のため、炎竜の亡骸を確認したいのだが……どこにある？」

「首なら持ってきたぞ。それといくつかの鱗や牙の素材も」

「残りはどこだ？　こっちで回収して全身を買い取るぞ。なんといっても炎竜の素材だ、いくつあっても困るものではない」

「ああ、そっかぁ」

ジェシカに秘匿した方がいいって言われたんだけどなぁ。

「ライト様、よろしいすか？」

「ん？」

「冒険者ギルドマスターってことは、この街の代表者の一人っす。口は堅いと思うっすよ」

まあそれもそうか。

「悪い、嘘だ。実は、大容量の魔法の袋を持っていて、そこに全身しまってある」

「大容量だと？　まさか炎竜三頭も入るほどの大きさか！」

オレが頷くと、ギルドマスターは目を見開き、ケルビムも驚きの表情をする。

「使用者権限がついてるから誰でも使えるって訳じゃないけどな」

「それはすごいな！　お前、皇家や領伯家の人間じゃないよな？」

「違う違う。その辺の詮索はナシにしてくれ。お前らにとって大事なのは炎竜の素材だろ？」

「そうだが……」

「ギルマス、少なくともこの街じゃそういう詮索はご法度だろ」

「ケルビム……」

「家のことを持ち出すってんなら、上位メンバーの何人かの信頼を失うぞ。実力者の大半が、そういう優秀な血の持ち主なんだから。ここは取り込むべきじゃないか？」

「むう、そうは言うがケルビムよ」

「詮索してくるってんなら、こっちとしても長居をするつもりはないよ。ここには食料補充で寄っただけなんだ」

十分な数は確保しているが、こちらの大陸でしか手に入らない食料品、調味料なんかは確保しておきたいのだ。

また、向こうの大陸では高価なものでも、こちらの大陸では加工できない関係上、安く買える代物が数多く存在する。

そういう物を今のうちに確保しておきたいのだ。

「炎竜なら倒した。素材もそちらに販売できる」

「ん、むぅ。分かった。販売方法はどうする？　オークションにかけるか？」

「それは保留だな。先に渡りを付けて貰いたい相手がいる」

「誰だ？」

「商業や鍛冶をしている連中だな。この街で加工ができない素材、ため込んでないか？　そういうのが欲しいんだ」

「……間違いなくあるが」

「それらの素材と炎竜の素材を交換してほしい」

「それは……どういう意図が？」

「オレは錬金術師だ。珍しい素材や、一部の上位素材をどう使うかは、教えられる訳ないだろう？」

「メシのタネってやつか。分かった、商業ギルドに渡りを付けてやる」

「ああ。頼んだよ。ついでにギルド会員証も頼む、それと獣魔登録も」

「モリモリだなおい⁉」

だって色々やる事多いんだもん。

「とりあえず、明日話を付けてくるから。それまではこっちの用意した宿で待機してくれるか？」

「買い物くらい行ってもいいよな？」

「もちろんだ。せいぜい金を落としていってくれ……」

疲れたように呟きつつも、都市に金を落としていってくれというのは、流石施政者の一人というべきだろうか。

◇◇◇

宿に戻り、車を宿の丁稚に預けておく。

物が物だから、一応防御の結界も張っておくけど。

「では、整えて参りますね」

「えっと、お手柔らかにお願いするっす」

ジェシカは転移門を使い、イド達がいる旧港町までリアナに連れていかれた。

ジェシカ自身には何も説明されていないが、大丈夫だろうか？

「とりあえず、だ。オレ達は買い物でもいくか」

「買い物！　いいね！　エイちゃんに声掛けてきていい？」

「知らん土地だが大丈夫か？」

てか無人の車からそんなに人が出入りしていいのか？

「ああ、そっかぁ」

「この辺の治安状況とかまだ分からないからな。安全かどうかをきちんと調べてからの方がいいだろ」

まあ一番危険なのは、一番弱いオレだけど。

「じゃああたしとイリーナとみっちーでお出かけだね」

「いちおう、リアねぇにつたえてくる」

「ああ、そうだな。戻ってきてオレ達がいなかったら騒ぐだろうしな」

「あ、イリーナ。ついでにさ……」

そういう話を通しておくのは大事だ。

「市場とかやってるかな？　普通は朝だろうが」

「ダンジョン見たい！」

「ああ、街の中にあるんだっけ。魔物が氾濫する可能性を鑑みると、ダンジョンを都市に組み込むなんてすごい考えだよな」

「すごいよね、怖い物知らずって感じ」

ダンジョンの中には魔物がいる。奴らは基本的に階層をまたぐようなことはしないが、ダンジョン内の魔物の数が一定量を超えると、階層をまたいで大移動が始まるのだ。

そして、そうやって移動する魔物が最終的に行きつくのは、ダンジョンの外である。

そんな風に魔物を吐き出すかもしれないダンジョンを街に組み込むのは、正直言って驚きである。

「まあ外に置いとくと他所の領、元々は国か、に、併合されちゃうって話だからな」

自由都市が自由都市であるために、ダンジョンを街の中に組み込むのは必須だったらしい。ジェシカが軽く教えてくれた。

確かにダンジョン資源というのは、一つの都市を潤すには十分なものである。

むしろ過剰なほどだ。

「さて、とりあえず古くよりある商店から見て回るかな」

ここのダンジョンでしか出ない宝で、加工が必要な物などが雑多に眠っている店があるはずだ。

宿の主人と思しきおじいさんに紹介して貰ったお店をいくつか回るつもりである。

くくく、魔導炉でしか加工出来ないお宝がどれだけ眠っていることやら。

多少は処分されてしまっているだろうが、いくつかは確保できるはずである。

「さて、楽しい楽しい買い物の時間の始まりだ」

「ねえねえみっちー」

「何?」

「買った品物、その場で魔法の袋に入れるの？　あんまり見られると危ないってジェシカが言ってたけど」

「ああ、そう言えばそうだったな。ここまで持ってきて貰って支払うようにしておくか」

主人に話を通しておいて、ついでにお金も預けておけばいいか？　それともリアナ達を待った方がいいか……あー、あれだな、待っていた方がいい気がしてきたな。

「うん。その方がいいと思う。絶対に」

お金の管理はリアナに任せるのが一番だからね。

「とは言っても、散財したら怒られるだろうが」

「だね！」

栞もオレと同じく、お金にあまり執着がないのである。必要な物はオレが渡しているし、素材も栞とイドが自分達で獲ってくるから頓着しないかもしれない。

◇◇◇

「ねえねえ、ここでも魔導炉の講習するんでしょ？」

「え？」

装備を外してラフな格好でくつろいでいたが、そろそろ出かけようかなと思った時に栞が言う。

なんで分かったの？

「だって、そもそも魔導炉の技術の失伝自体にいい顔してなかったじゃん」

「それはそうだけどさー」

「ウルクス領主からシルドニア皇国に技術が渡って、その技術の差でここみたいない自由都市が領兵や国軍に侵略されるの嫌だもんね」

うっ。鋭い。

「そうだ！　どうせならここでもお店やろうよ！」

「え？　でも……」

「どうせ百年も百五十年も誰も到達していない旧王都に行くんだもの。ここで人間の戦力を増強させてもいいんじゃない？」

「んー、でもそれはこの自由都市に肩入れしすぎな気が」

「どっちにしても魔導炉の技術の流通は始まるでしょ？　それはもうみっちーにも止められないよ？　それが一部の領の秘匿技術になるか、シルドニア皇国の独占技術になるかはみっちーじゃどうしようもないことだし」

「それもそうなんだが……」

意外と賢い意見を出しおる。

「みっちー」

栞がオレの手を取った。そしてオレの目をしっかり見て言う。

「あたし達はね、確かに日本に帰りたいと思っているよ？　でも帰れるチャンスが出来たのはみっちーのおかげ。あたし達は死んでたんだから」

「……ああ」

「あたしも、エイちゃんも、すごくみっちーに感謝してるんだよ？　危険を冒してまであたし達を迎えにきてくれた時、すっごい嬉しかったし。ああ、こっちの世界にもあたし達をちゃんと思ってくれてる人がまだいたんだって安心もしたんだ」

「そう、かな」

「うん。でもさ、ダランベールで手がかりが見つからないってなった時から、みっちー焦りすぎだよ。あたし達は確かに日本に帰りたいと思ってるけど、ここでね、みっちーと一緒にエイちゃんやリアナ達がお店をして、イドっちやイリーナと冒険行って。そういうのも楽しいんだよ？」

確かに冒険に行った後、これでもかというほど冒険譚を語りたがるのは栞だ。

「それにね、たまにみっちーも一緒に行ってくれて、心配されたり、逆に心配したり、そういうの、すっごい良いんだ。こう、幸せだなって……そう感じるんだ」

オレの手を強く握ると、にっこりと微笑む。

「あのね、あたしは今、自分の好きなことをできて。自分の好きな人達といれて、あたしのことを好きになってくれてる人といて、幸せなんだ。だからさ、みっちーもやりたいことやりなよ。こっちの大陸に来る前とかさ、来てからとかさ、ダランベールの王族と交渉したり、シルドニア皇国の皇女様と交渉したり、区長さんと交渉したり、なんからしくないよ。そういうのは全部とっきーの仕事だったじゃん」

「まあ、いないから……」

「こっちの王族の事はイドっちに任せればいいじゃん。イドっち崇拝されてるんだもん。台本かなんか持たせてしゃべらせれば、それで万事解決だよ！」

「や、それはそれでイドが嫌がりそうだが……」

「大丈夫だよ！　みっちーのお願いなら聞いてくれるもん！　それで、夜に可愛がってあげればいいじゃん！」

「あー……」

「一緒に住んでるのに知らないと思ってた？　そもそもイドっち、自慢してくるもん。わたしだけ愛されてるって」

「えー……」

　何それ恥ずかしい。

　顔を両手で隠したくなります。隠します。

「みっちー、いい男なんだから、もっと自分の好きにやりなよ！　向こうに戻るにしても、もう少し回り道してもいいよ。エイちゃんもイドっちもあたしも、厳しい顔をしているみっちー見たくないもん。あたし達が苦しそうな表情見たい？」

「見たくないに決まってるだろ……」

「あたし達も一緒、我慢してるみっちーを見たくない。みっちーは交渉より脅迫のが似合うよ！」

「おい」

「にはは。だからね、みっちーのやりたいようにやりなよ。あたしは、あたし達はそれに付き合ってあげるから」

「お、おう」

「その代わり、あたし達がやりたいことにも付き合ってね？」

「それはもちろんだ」

「ほんと？」

「ああ」

「にひひ、そっかぁ。付き合ってくれるかぁ」

「おう。犯罪とかはダメだけどな」

「しないよ！　でも、そうだね。じゃあ、早速お願いがあります」

「なんですか？」

嫌な予感がするんですけど。

「ちょっと、後ろ向いて目を瞑って！　着替えるから」

「は？　や、別の部屋行くよ」

この宿は、高級宿だ。いくつも部屋がある。

「いーからいーから」

ぐるん、と肩を回されたので、そのまま目を瞑る。

ごそごそと後ろから衣擦れの音が聞こえる。なんかエロいんですけど。栞のくせに。

「いいよ」

「はいはい、あ？　おい！」

そこにいたのは、服をすべて脱ぎ捨てた、生まれたままの姿の栞だった。

流石に胸と、下の大事な部分は手で隠している。

「ていっ！」

「こらっ！」

勢いよく飛びついてくると、いきなり、キスを……しかも普段のように冗談でほっぺにではなく、口づけをしてきた。

「ん……」

「ぷふっ」

慌てて頭を下げると、そこには蕩けた表情の栞。

「しちゃった」

「おい」

泣いているじゃないか。

「や、これは違うよ！　なんていうか、違うよ！　その、嬉しくて、うん」

「だからって……」

「あのね、冥界に迎えにきて貰った時から、ずっと、ずーっと、惚れてました」

「……ああ、知ってる」

「やっぱり？」

「そりゃあ、な」

オレの手を離し、肩に右手を置いて、左手で涙を拭う栞。

「イドっちが羨ましかったんだ」

「……ああ」

「でね、イドっちに色々聞いたの。出かける前にも。そしたらイドっちがね、あたしの背中を押してくれたんだ」

「そうなのか？」

意外だ、イドは結構独占欲が強いから。

「『ライトはいい男だから仕方ない、しおりもエイミーも抱かれるべきだ』って」

「ええ？」

「だよね？　びっくりした。あたし達はやっぱり日本の価値観で動いてたから、みっちーとイドっちがそういう関係になっているなら、我慢しなきゃって思ってたんだ。はむ」

「あの、しゃべりながら、耳を食べないで欲しいんだけど」

そのまま押し倒されて、栞に馬乗りにされた。この姿勢、すごいマズいんですけど！

「そしたらイドっちびっくりしてた。イドっちはエルフ、長寿な一族だから、子が出来にくいんだって。だから早く抱かれろって、推奨されまくり。ぺろぺろ」

「あの、栞さん？」

「我慢する必要、ないんだって。みっちーを独り占めにしたいともイドっちは言ってたけど、やっぱり同じ種族で交わるのが一番だって。手、どかして」

「や、脱がせるよね⁉」

「抵抗は無駄だからやめたまえ、あたしの力はみっちーの十倍はあるよ。それに、あたしのお尻に当たってる元気なのはなーに？」

「そりゃ、オレは男だから！　栞みたいに可愛い子にのし掛かられたら！　キスされたら」

「にはは。可愛いだって、もう！」

「違う、今反応するところはそこじゃない！」

「そうだね、こっちだね」

「つつくな！」

「みっちー、我慢しなくていいって話したじゃない」

「あ、ああ」

「だからあたしも、我慢しないことにしたんだ。流石にリアナやイリーナ、ジェシカがいる時は恥ずかしかったから、二人きりになれるタイミングずっと待ってた。めっちゃ待ってた」

「い、イリーナはすぐに……」

「めっちゃ時間使って戻ってきて、向こうの足止めをしてって言ってあるから平気」

「いつの間に！」

「大盗賊の川北栞様に不可能はない！」

「あ、てめ！　いつの間に上着を⁉」

「盗んだ。はー、みっちーの匂いだ」

「変態っぽいっ！」

マジでオレのシャツで深呼吸してやがる！

「みっちーって、意外と逞しいよね。はむ」

「うひゃっ」

「お、男の人の、体って、逞しいね」

「そんなに顔を赤くするほど恥ずかしいなら……痛いっ！　どこ掴んでるんだ⁉」

「みっちー」

「ああ?」

「あたしの覚悟、受け取ってね」

そう言って、栞は目に見えぬ速さでオレの服を奪い去った。大盗賊の本気、恐るべし。

「栞、オレはもうイドと関係を持っているんだ」

「うん、知ってる」

「でも、栞の綺麗な体を見て、興奮しちゃってるぞ」

「……うん、分かる」

興奮すると反応する場所に手を置いてますからね。

「いいんだな?」

「みっちー、あたしの初めてを、あたしのすべてを貰ってください」

オレは上半身を持ち上げ、返事の代わりに栞に口づけをした。

「ん、んん……みっちーから口づけして貰っちゃった。嬉しい」

短い口づけを終えると、オレの視界には栞の赤い顔しか映らなくなっていた。

色々と恥ずかしく、なんだかんだと話を逸らしたり、日本での話をしたり、こっちの世界の話をしたり。

お互いに緊張を解き合いながら。

お互いの顔を見て微笑みながら。

オレは栞と結ばれた。

◇◇◇

「短いっす！　短いっすよ！　なんでなんすか⁉」

「え？　えーっと？　なんで？」

「これは罰です」

憤慨しているのはリアナだ。珍しい。イリーナはいつも通りのニコニコ笑顔だが。

栞と結ばれた後、居た堪れなくなりつつも幸せを噛みしめていたらイリーナが戻ってきたので、色々と予定をキャンセルして元港町、現ダランベール駐屯基地に戻り、オレ達は風呂に入って……その、あれだ。うん。

栞は流石に参ってしまったのであちらで休ませることにし、オレだけ戻って来たのだが、さっきまでリアナと同じロングスカートのメイド服を着せられていたはずのジェシカがミニスカート姿になっていた。

中々に際どい。

「なんかやった？」

「この雌奴隷、マスターと栞様の入浴を覗きにいこうとしたのです」

雌奴隷はやめてあげて？

「すまないっす！　でもしょうがないじゃないっすか！　気になるじゃないっすか！」

「なるほど、ギルティだな」

「ギルティです」

「ぎるてぃー！」

「申し訳ないっす！」

きちんと教育された奴隷ではなかったのか、こいつは。

「今晩は自分の番なんすよね⁉ だったら予習しとかなくちゃって！ ライト様の喜ばれるポイント探さなきゃって思うじゃないっすか！ 覚悟決めておきたいじゃないっすか！ 興味あるじゃないっすか！」

「色々ツッコミたい気持ちがあるが落ち着け。あと最後に本音出てるぞ」

「ライト様は子供体型が好きなんすか⁉ リアナさんは許容範囲外っすか⁉ 自分、栞様より胸大きいけど行けるっすか？ あ、そうだ！ なんすかあれ⁉ 車の中に無駄にドアがあるなって思ってたらその先に家があったんすけど⁉ 意味分かんないっす！ 魔法っすか⁉」

「お、おう。好奇心があっちこっちに飛んでるな。向こうでさっぱりしてきたみたいだし」

「お風呂って気持ちいいっすね！ それにゴワゴワだった髪も綺麗になったっす！ 自分汚れてたんすね……リアナさんに洗われてめっちゃ汚れが出て凹んだっす。リアナさんの裸めっちゃ綺麗でした。胸も、自分自信なくしたっす……」

全身綺麗に洗われたジェシカは緑色の髪の毛がツヤツヤになっており、肌もしっとりしている。リアナやセーナ、イリーナと同じ見た目のメイド服で、ミニスカート姿。兵士であったからか、しっかりと鍛えられている足が何とも言えない色気を放っている。

「似合うな」

「っす⁉」

　ボンっと顔を赤くしつつも、目を泳がせるジェシカ。

「マスターのお眼鏡にかなうと思っていました」

「そ、そうっす！」

「リアナさんや、そういうのは口に出すものではありませんぜ」

「ジェシカさん」

「は、はいっす⁉」

「マスターに不満を漏らすなんて許されません。貴女、立場で言えばリアナ達よりも下ですからね？」

「そ、それはもちろんっす」

「であれば、与えられる服に差異があるのは当然と思って受け入れてください。それ以上何か言うのであれば、もっとすごい衣装を用意しますよ」

「この服も可愛いなと思い始めてたとこっす‼」

　見事な変わり身である。

「あー、一応だが。あの車の仕掛けや、向こうの工房については口外することは御法度な。これ、主人としての命令」

「うくっ」

「どした？」

　オレの言葉を聞いた瞬間に、ジェシカがビクっと体を硬直させた。

「えと、自分の胸に奴隷紋があるんすけど、命令って単語に反応したっす」

「奴隷紋？　そんなのあるのか」

「そういえば詳しく知らないんでしたっすよね。契約魔法の一種っす。普段は隠れてるんすけど、命令されて、それを自分が受諾すると反応するっす。ライト様からの命令って実は初めてだったので、少し強めに反応したっす」

「そうだったのか。契約魔法で縛られてるってのは……」

「先日交わした物品の譲渡書があるじゃないっすか。あれも契約魔法っすから。主人側に迷惑が掛からないように、奴隷側の奴隷紋に主人の情報が書き込まれるっす。自分の奴隷紋には見えないようにですが、あの段階でライト様の名が刻まれてるっす」

「あれ、そんな仰々しい物だったのか。内容が問題なかったから気づかなかった」

「まあ奴隷兵を取りまとめる隊長が使う魔道具っすからね。ライト様も作れるんじゃないすか？」

「ああ。契約魔法ならば作れるな。しかし、奴隷紋か」

契約魔法の魔法陣の一種だろうか。

「えと、主人ならいつでも確認できるっす。その、脱がないといけないっすけど、みみみ、みせますですでしょうかっすか？」

「言語不明瞭になるぐらい動揺するんなら、そういうこと言うんじゃない」

脱ごうとするな。恥じているのか見せたいのかどっちなんだ。

「分かりましたっす。今晩、お見せするっす」

「絶対分かってないだろ」

「……え？　自分そのために磨かれたんじゃないっすか？」

「貴女が単純に汚らしかったからです。変な気を起こさないでください」

「汚いは凹むっすよリアナさん……」

ジェシカは奴隷兵として現場に駆り出されて、そのまま譲り渡された人間だ。日本の衛生理念で動くオレと、オレに合わせて生活をしていたリアナからすれば、汚いと感じるのはしょうがないとは思う。

「リアナ、ジェシカに厳しいな」

「教育中ですからね。こちらの知識が必要な状況でなければそもそもマスターの横に立たせるのもまだ無理なんですよ？　本当は」

「うう、汚い……」

その時、部屋のドアがノックされた。

「どうぞ」

「失礼いたしますお客様。こちらが届きましたので、お渡しいたします」

そういって宿の人間が置いていったのは、丁寧に封書された手紙である。

リアナが頷き、ジェシカがスカートを気にしながらそれを受け取る。

ジェシカは少しだけ手紙を調べた後、宿の人間に退がっていいよと伝えて、その手紙をオレに渡した。

「明日か」

明日の朝、迎えが来るらしい。

商業ギルド、鍛冶ギルド、冒険者ギルドの代表者の名前が連名で書かれていたその手紙を見て、オレは口元を緩めるのであった。

◇◇◇

「宝のっ！　山っ！」

「すごいっすね」

「すごいっ！」

商業ギルドが保有する地下大倉庫。

そこには歴代の未加工の様々な魔物素材や鉱物素材が雑多に立ち並んでいた。

メンバーはオレ、セーナ、ジェシカ、イリーナだ。

栞はまだ体に違和感があると照れながら言っていたので、オレはヒクつきつつも休んでいてと伝えてある。

「ええ、ええ。そうでしょうとも。ダンジョンから回収された様々な素材が、こちらには全て保管されております。まあ、ダメになってしまう素材は、流石に処分しておりますが」

魔導炉がないため加工がこそできないものの、廃棄するには価値の高い物が山積みされていた。

棚や箱にしまわれているものから、適当に地面に転がっている物まで、それが視界いっぱいに広がっている。

倉庫自体もとてつもなく広い。

「ライトロード殿、炎竜をまず確認させていただいてもよろしいでしょうか？」

「ああ、そうだな。ここに出していいのか？」

「構いません。解体はこちらで行いますから」

「準備はさせているさね」

案内してくれている職員さんが主にしゃべっているが、定期的に合いの手を入れているのは商業ギルドの代表というおばあちゃん。名前はオティーリエさんというらしい。

冒険者ギルドマスターのガルムドも、護衛数人を伴って倉庫を案内してくれた。

オレは手提げから炎竜の亡骸を取り出した。

「おお！　すごい！」

「見事な切り口だな。やはり魔剣の類だったか」

「まあ普通の鉄の剣じゃ、相当腕が良くないと炎竜の鱗は突破できないだろうからな」

「おい、瞳が赤く染まってるぞ？　激昂状態の炎竜を真っ二つにしたのか⁉」

「信じられん……」

口々にギルマスと護衛の面々が言う。

「で、ここにあるものなんでも持っていっていいのか？」

「何でもという訳ではないさね。この炎竜討伐の報酬という形で、いくつかお譲りするだけさ」

ニコニコ顔のオティーリエさんが少し厳しめの言葉をおっしゃる。

「具体的にはどのくらいです？　炎竜の鱗とかがそっちはご所望なんだろ？　肉や目玉や血はい

るのか？」

「鱗と肉くらいかしら？」

「骨とか角は？　削れば武具になるんじゃ？」

「出来ますが、金床やヤスリがダメになってしまうらしいのですよ。特に激昂状態の炎竜は体のどの部分もかなり硬化しておりますから、鱗と錬金術の素材になる血液以外の部分は買い取ってもここに積まれて終わりです」

「ああ。なるほどね」

魔鉱石が加工できないから、金床も大事に使わないといけないのか。

炉と違い、金床は残っていた場所から回収できたんだろうけど、新しい金床が作れないと。メモメモ。

「色々とご入り用と聞いたが、何をするんだい？」

「オレは錬金術師を名乗っているんだけど、こういった魔物素材や鉱物素材の加工にも手を出しているんだ」

「大きい物の加工は時間がかかるから、街の錬金術師達もあまりやりたがらないんだがねぇ」

「ああ、だからデカイのばかり残ってるのか」

魔導炉がないとはいっても、魔鉱石やミスリル、魔物の骨などを加工する道具の一部は残っているらしい。スーパーお宝だけど。

そういった物はダメになったらそれまでだから、あまり大きい物の加工をするのには使えないのだろう。

「じゃあ場所を取りそうな原石類や魔石類、魔物の骨や角、牙といった素材は貰っていっていいか？」

「そうさねぇ。ぶっちゃけると邪魔だから、持ってけるもんは全部持ってけって思ってるけど、まあこちらで加工できるものは残しておいてくれよ」

「おばあちゃんっ！」

　オティーリエさんの手を思わず取ってしまう！

「いいんですね⁉」

「ま、まあここにあるもんも、ダンジョンに返すしか使い道がないさね。重かったりデカかったりでこっから出すのも億劫なんさよ」

「ああ」

　クルストの街でも要らない物をダンジョンに吸収させて処分してたな。

「うおおお！　ミスリルゴーレムの死体だ！　しかも五体分！　もう動かないの⁉」

「ええ魔石が破壊されておりますから」

「魔鉄獣！」

「どうぞ」

「なんだこれ？　でっかい骨」

「それは黒竜王の眷属の骨らしいですよ？　私がここを引き継いだ頃にはもうありました。通路を整理しないと外に出せないくらい大きいので」

「これもいい⁉」

「ええ、ええ」

「でっかい魔石！」

「でっかいですよね」

「ライト様、引かれてるっすよ」

「ご主人様楽しそうね」

「ああ！　めっちゃ楽しい！　あ、これもいい!?」

「構いませんよ？　こちらの金剛石なんてどうです？」

「すっげえ！　岩じゃん！　あ、これ普通の岩じゃん。金剛石どこよ？」

「真ん中の方らしいです。取り出せないんですよね」

「大盤振る舞いっ！」

そのあとも職員さん何人かとおばあちゃんに倉庫内を案内されつつ、ことごとく魔法の手提げにしまいまくった。

手提げを売ってくれないかと聞かれたので、ここまで容量の大きい物じゃなければ作るよという話になって、新しい商談の話が始まった。

◇◇◇

「つまり、工房が必要だと」

「そうですね。自分が作成するので、ご希望の物を作るにしても、工房がないと何もできません」

　魔法の手提げをポンポンと叩いて、おばあちゃんと商談だ。

　倉庫から場所を移し、今は商業ギルドの応接室の一室である。意外と地味な内装だ。

「……それは、構いませんさね」

「ついでに商売してもいい？　工房で物を作って、色々売りに出そうかなって」

「商売？　何を売るんだい？」

「錬金術師ですから、基本はポーションとか、常備薬とかですかね」

「そちらは、私では許可は出せんさねぇ」

「そうなんですか？」

　商業ギルドなんだから許可出せるんじゃないの？

「ヘイルダムでは四つの組織が動いてるのさ。冒険者ギルド、商業ギルド、鍛冶ギルド、守人ギルドの四つ。そして、新しく商売を始める人間はこの四つのギルドから承認を受ける必要があってねぇ」

「守人ギルド？」

「この街の防衛を担っている衛兵連中の元締めさね」

「ああ、ギルドって形で管理しているんですね」

「だね。この街は貴族を頂点に管理されている土地じゃぁないからね」

　変なギルドもあったものだ。

「でも、今この街で外の人間が商売を始めるのはほぼ無理さね」

「は？　なんですかそれ」

「……ダンジョン資源を守るため、さね」

「はぁ」

意味が分からない。

「他の街にはダンジョンがないさね。ダンジョン産の魔道具や魔法の武具ってのは、この街の生命線なんさ」

「ダンジョンの宝箱産の魔道具類ですか」

オレの言葉におばあちゃんが頷く。

「そしてそれらのアイテムを我々代表が管理し、内に秘めるか外に販売するかを取り決めてるんだよ」

「なんか面倒そうですね」

「前はもうちょい緩かったんだけどねぇ。でもダンジョン産の強力な武器が外に流れて、そいつが外の領と繋がってて大変な事態になったことがあるんさ」

それは洒落にならない事態だな。

「なんとかその武器を持った人間を押さえ、武器の破壊には成功。で、その領軍も勝手に他領で活動していたから、結果として外の領軍、ウルクス領軍、そして我等へイルダムの守人達との三つ巴の戦いに発展、戦争が長期化した時期があったんさ」

「そうなんだ」

「聞いたことあるっす。お隣のウィンリード領っすよね」

ジェシカの言葉に頷くおばあちゃん。

「その結果、外の商人は信用できず、この街の人間しか新しく商売をできなくなっちまった。外から来る行商人は、許可が出ている武具のみを購入し、鉄くずや食料品なんかを露店売りするのが基本さね。この街の内側で新しい店舗はここ数十年許可が出とらん。新しい商会が外から来ないから、商業ギルドとしては面白くないんだがねぇ」

その言葉にオレは納得する。

都市から外に出た物が外部の勢力に利用され、都市の人間、それも都市を守っている人間からすれば、裏切られた気分になってもおかしくはないだろう。

「あんたが土地を買い、建物を建てたとこまではうちの範疇さね。でもそこから商売を始めるってなると、他のギルド、特に守人ギルドからの許可が出ないさ……戦いになったら、真っ先に犠牲が出るのが守人ギルドだからね」

「そうですか。でも今回の炎竜はいいんですか？」

「今回は冒険者に報酬を渡す形を取っているから構わないさ。それに、オークションなどに参加して物を売り買いすることはできるからね」

「ああ、なるほど」

「そして、店舗での売買の許可が出ない以上、お店を構えても、守人ギルドの兵に押さえられちまう。治安維持の関係上、色々と特権を持ってるからね」

「そういうことですか」

「だから物品の販売という形を取らずに、作成品は物々交換って事にするつもりなんさ。ここと同じような倉庫はあと五つはあるからねぇ」

そこでオレはふと思いついたことを口にする。

「あの、すみません。工房を建てて、物の販売はしないって形にすれば、工房自体を持つのは構わないんですよね？」

「それはもちろん」

「そうですか。じゃあ土地を売っていただけませんか？　それは商業ギルドの方でも可能なんですよね？」

「それならうちの管理してる土地を買うかい？　金はあるのかい？」

「できるだけ広い土地で。建物はこっちで作り替えるなりなんなりしますから。何にしても、工房がないとオレも身動きが取れませんので」

おばあちゃんはオレの言葉に、ギルドの職員を呼んでこの街の地図を持ってこさせた。

何か所か候補が上がった中で、オレは鍛冶施設が集中している地に目を付ける。

その場所を購入する事に決め、建物込みの金額を支払った。

結構高くて、あとでリアナに怒られるかなと思いながらも、支払いを済ませる。

さて、この都市はどう動くかな？

◇◇◇

元々鍛冶工房と自宅が繋がっている家を購入したオレは、イリーナにどでかいハンマーを渡した。

店舗部分もあるのでかなり広い。

以前は鍛治師が住んでいたらしいが、引退。亡くなり、後継者もいなかったので都市に返還された土地らしい。

「さあ、イリーナ。工房の炉以外は全部潰してくれ」

「わかったです！」

周りの建物に被害が出ないように、いつもの柵の結界でグルっと囲んだ。ちょっとだけ仕掛けを作って。

オレ達も危ないから柵の外に出る。

セーナには車の回収と宿の引き払いを頼んでおいたので、オレの護衛はジェシカだけだ。

「あの、ライト様？　何をするんす？」

「家を潰すだけだよ」

「や、でもあのハンマーって」

「魔道具だ。気にするな」

「イリーナちゃんは見た目以上に力持ちっすね……」

なんかもう声に力がないな。

「いきますっ！　ぺったんっ！　ぺったんっ！」

イリーナが持っているのは、オレの作成したぺったんこハンマーだ。

命名した時、栞が憤慨していた気もするが、気のせいだろう。

そのハンマーの特性は、単純に【潰す】事だ。

叩きつけた物を圧縮し、まっ平にするのである。

「ぺったんこ！」

ちなみに掛け声を出さないとただのハンマーになる。

イリーナの声と共に巨大ハンマーが幾度も打ち付けられ、家がどんどんと平らに沈んでいく。

「うへ、すごいっすね」

「生き物には通じないけどな」

危ないから。まあ普通にハンマーとして使っても危ないけど。

イリーナが家と工房、店舗をどんどんと潰していき、土地ごとなだらかにしていく。

通行人が目を見張っているが、そこはご愛敬だ。魔法がある世界、気にしないで欲しい。

「できました！」

「よし。上々だ」

柵に設えた入り口から土地の中に入り、魔法の手提げで家だった木材を全部回収。

イリーナの頭を撫でていると、ちょうどセーナが馬車とだっちょんを連れて戻ってきた。

「おかえり」

「ただいまマスター。なんかこの土地、いやらしい人多いんだけど」

「セーナは美人だからな」

車の御者台に乗っていても、声をかけてくる阿呆がいたらしい。

おつかれセーナ。

「あの、これどうするんすか？」

「ああ、こうする」

裸の炉を除き、何もなくなった土地の面積を測って、ミニチュア模型の魔道具、妖精の隠れ家《フェアリー・レストルーム》を起動させる。

元港町に置いてあるものと違い、居住特化の物品だ。

「いいい、家が生えたっす！」

「良いリアクションだ」

ジェシカが驚いて後ずさる。

「さて、中に。うえ？」

「か、可愛らしいっすね」

「そういえばこの家、エイミー様が直してたわ」

メルヘンチックなピンクと薄い青の内装品やカーテンが目に眩しい。子供部屋をそのまま居住区全体にちりばめたような家になっていた。

棚には小物やぬいぐるみがいっぱい置いてある。デフォルメされた魔物や、オレ、エイミー、栞、イドを模ったぬいぐるみが飾ってあった。

「ま、まあいいか……」

「あるじー、みずとおすー」

「ああ、これで頼む。それと炉の周りに柱建てて、屋根だけ付けておいて」

「わかったー」

水を半無限に生み出す魔道具と魔法の手提げを渡すと、イリーナもぱたぱたと作業に入る。

セーナもだっちょんの世話をすると言うので、移動だ。

「えと、自分どうするっすかね」

「リアナ呼んできてくれ」

「えと？」

「地下に例の扉あるから」

「了解っす！」

この大陸の炉はとても優秀だ。だが魔導回路がついていない。

外に残しておいた炉を魔導炉に作り替える。

さて、明日から活動開始だな。

◇◇◇

「おー、久しぶりにこっちの家使ったね」

「なあ、エイミー、あのぬいぐるみなんだけど」

「え？　あ！　置きっぱなしにしちゃった‼　道長くん見た⁉」

「そりゃ見るけど」

「あの並びは正しくない。わたしがライトの横にあるべき」

「ししし、しんぺいさまっす……」

「イド様、ときちんと呼びなさい」

「あるじーまりょくほしー」

「イリーナ！　脱がない！」

久しぶりに全員集合だ。ジェシカがイドを見て固まっている。

「ライト、この女は誰？」

「あっはっはっはっはっ」

「道長くん？」

「いや、これには深い訳が……」

「みっちー、女の子ゲットして奴隷にしたんよ！　しかも元貴族の御令嬢！」

「ちょっ⁉　栞さん⁉」

「つーん」

「どういうことですか⁉　奴隷だなんて！」

「奴隷、犯罪者？」

「や、神兵様、自分奴隷っすけど犯罪奴隷じゃないっす」

「セーナ、おかわりー」

「もう⁉　栞、ペース早いわよ？」

「セーナ、わたしにも」

「お茶、おかわり淹れますね」

「道長くん、やっぱり男の子なんだね」

「エイミーさん！　話を聞いてください！」

「言い訳なんてさいてー」

「栞、てめぇ！」

「あ、そういえば王子とお師匠様がご主人様に助けて欲しいって」

「知らん。ジジイがいればなんとでもなるだろ」

「ライトならそう言うと思った」

「あー、エイミー、イド、向こうはどうなってる？」

「話逸らそうとしてない？　まずこの女の子の説明からだよね」

「するから！　しますから!?」

賑やかな食卓はカオスである。

「こんな短いスカート穿かせちゃって」

「オレじゃないですぅ！」

「えへへ、これもちょっと気に入ってきたっす。動きやすいですし」

「そういえばジェシカの武器も用意してやらないとなぁ」

持っているのは兵士時代の支給品の盾と剣くらいである。

「魔法が使えるって聞いたけど、何が使えるんだ？」

「えと、自分植物系の魔法が得意っす。何もないところでは意味がないっすけど、生えてる植物を急速に成長させたり、操ったりできるっす」

「なるほどねぇ、剣も使えるんだよな？」

「一応、隊の中では隊長に次いで強かったっす！」

「それなら剣を主体に戦えるように、杖じゃなくて補助具のがいいか……」

「首輪ね」

「首輪じゃない？」

「首輪がいいのではないでしょうか？」

「酷いっす！」

奴隷といえば首輪だもんね。

「ああ、首輪か」

「ちょ‼　ライト様‼」

でも首元に魔力の補助具を身に付けるのは、実は理に適っているんだよな。

魔力は手から放出するイメージを持たれているが、実は体の中心から引き出すのだ。あとは本人の資質と慣れだ。

「や、実際魔法具って、体の中心に近い方が効果的な物があるんだよ。杖や魔導書なんかは威力の増減に向いていて、首輪やネックレスは魔力の使用量の軽減や属性変換の補助に向いてるんだよね」

「そうなんすか？」

「ああ。魔力自体は全身に走っているけど、発生場所に近いほど効果の出る補助機能っていうのは、確かに存在するんだ」

「でも首輪っすよね⁉」

「ネックレスは却下」

「あたし指輪欲しい！」

「あ、栞ちゃんズルい！」

「エイミー？」

「あうっ」

「わたしは、ライトから貰えるなら全部嬉しい」

「イドっちズルいっす！」

「イドさん！」

後でどんな魔法が使えるのか確認したいけど、植物系ってどういう風に使うのがいいんだろうね？　クラスメート達も使っていなかったし。海東は使えたかもだけど、使っているところ見たことないしな。

◇◇◇

「まずは、魔導炉の中に火をくべて……魔力回路を走らせるっと」

久しぶりの鍛冶仕事にテンションの上がるオレである。

今日は昨日作成した魔導炉の試運転と金床の作成だ。

せっかくだから金床も魔鋼鉄製ではなく、火竜——こっちじゃ炎竜か——の骨も混ぜ込んで、熱に強く変形しにくい物を作ろう。

「そんじゃ、温まるまでに金床の型でも作るかな」

型といっても魔鋼鉄と炎竜の骨を溶解させたものだ。普通の土の型ではダメになってしまう。

そこで使うのが、粘土人形《クレイマン》というゴーレム系のモンスターの一種だ。クレイマンのボディの一部は普通の粘土と同じように扱えるが、普通の粘土よりも火に強く、乾燥させてもヒビが入りにくい。

ただ、長時間熱して溶けた鉄の塊を押し付けられたら、流石にヒビが入ったり割れてしまったりするので、青の水溶液を混ぜ込んで練り直し、火に強い物に作り変える。

「あの、ライト様」

「んー？」

「すっごい注目集めてるっすけど」

「気にしない気にしない」

柱で囲われて屋根だけ載っている、壁のない場所で炉を置いて鍛冶仕事をしているのだ。そりゃあ注目されるだろう。

実際にさっきから視線を感じる。

でもまだ準備段階。炉しかなく、オレ自身は粘土遊び中だ。

「ライト様がいいならいいっすけど。なんか向こうの人がしゃべりかけてきてるようなんすけど、声が聞こえないっす……」

「防音結界だね。外の音が聞こえないようになってるんだ。これでよしっと」

魔法の手提げから普通の金床を取り出して、粘土で型を作っていく。つなぎ目が見えないように作るのがコツである。

鉄を流し込めるように下に穴を開けるのもポイントだ。

「金床囲っちゃいましたっすね」

「そうだね。でも下に穴を開けてあるから魔法の袋を使うと」

「中身だけ消えたっす！」

「便利でしょ」

魔法の袋の便利なところだ。通常であれば、中の金床を取り出すために半分にしたりしないといけないのだが、こういう裏技を使えば問題ない。

ついでに、インゴットを作るための金床の枠もいくつか作成しておく。

「金床の枠を軽く火であぶってー」

それらの枠を無造作に炉の中に投げ込む。軽く火に当てておけば、堅くなるのである。

その間、待っているだけなのもなんなので、飲み物を持ってきたまま立って見ていたジェシカに目を向ける。

「えと、ライト様？　そんな見つめられると恥ずかしいっすけど」

「うっさい」

「なんか扱い酷くないっすか？」

無視である。

余った粘土を伸ばし、形を整えていく。彫刻刀を取り出して、余分な部分をはがして成形していくと……。

「出来た、はい」

「うわぁ、すごいっすね！　これ自分っすか！　ライト様超器用っす！」

「そりゃあねぇ」

粘土で作ったのは、手のひらにサイズのメイド姿のジェシカだ。

「改めて見ると、すっごい綺麗な服を着させて貰ってるんすね」

「リアナに感謝だな。その制服はリアナが縫ってくれてるから」

布を作ったり染めたりしたのはオレだけど。

「リアナさんもすごいっすね……自分、今更ながらトンデモナイところに貰われた気がしてきたっす」

「まあ普通の人間なら、一日で家を更地にしたり、新しい家をすぐに作ったり、瞬間移動できる機能の付いた馬車を持ってたりしないからね」

常識から外れているのはオレも自覚しているのである。

オレ達がダベり始めたのを見て、興味本位でこちらを覗いていた人間が徐々に減っていった。

残ったドワーフの青年が、ジェシカ人形に熱い視線を送っているが、無視である。

「あの、ライト様」

「んー？」

「自分、もう少し胸でっかくないっすか？　それとクビレももうちょい」

「確かに、スカートももうちょい短かったたか」

「……申し訳なかったたっす」

「正直でよろしい」

飲み物を貰い、ジェシカにも椅子を勧めて、炉の熱が最高温度になるのを待った。

◇◇◇

「さて、そろそろいいな」

厚手の手袋をはめて、鉄鍬を使い、枠をまず取り出す。

自然に熱が下がるのを待った方がいいので、これは炉から離れた場所に置いておく。

「触るなよ？　火傷するからな」

「了解っす」

流石に暑いので上着を脱ぎ、タンクトップ姿での作業だ。

もちろんベルトインだ。

耐熱仕様のシャツもあるけど、コゲ目が付いたりするので今回は着ない。ちなみにコゲ目が付くとリアナが笑顔で可愛いワッペンを付けてくる。そんなの余計に着られない。

炉の中の魔力回路が走っているのは確認できたので、このあとは熱が落ちても問題ない。

炉のサイド部分についている放出口に栓をして、手前に炎竜の骨を、奥に魔鋼鉄の原石を、更に奥にミスリルの小さな原石をセッティングする。

普通の鍛冶師の場合は、それぞれ独立して溶かして形を作って、コーティングするように鍛冶を行うのだが、オレは錬金術師である。

炉の中の魔力回路がオレ専用の物になっている上に、合金を作れるように手前側に魔法陣を仕込んであるのでまとめてやるのである。

「ライト様、今度は何してるんすか？」

「さっき作った金床の型に流し込むから、溶かさないといけないんだ」

耐熱の器も用意し、流出口から取り出した溶けた金属を受け取る準備も万端だ。

「とはいっても、すぐに溶ける訳じゃないんすよね？」

「すぐに溶かすこともできるけど、今日はやらないかな」

旧港町の工房でなら、それこそすぐにできるのだ。

なんなら窯でも溶かせる。風情がないけど。

「ほへー、それセットしてるのって……」

「魔鉱石」

「はい？」

ジェシカが目を丸くしている。

「これ魔導炉だからね」

「まままま⁉」

驚いてる驚いてる。

「え？　でも、だってそれ、昔のドワーフ達の秘術の一つだったらしいじゃないっすか⁉　しかもそのドワーフ達の里が破壊されて、それで、それで」

「落ち着きなさい。ほら、お茶飲んで」

「ぐびぐび……」

素直な子である。

「言ったでしょ？　オレ、別の大陸の人間だって。向こうの大陸でも魔導炉の作成はドワーフが主にやっていたけど、人間でも作れるんだよ」

「えぇー？　いくらライト様でもそれは嘘っすよね？　自分騙されないっすよ～？　だいたいその炉、元々この家にあった物じゃないっすか」

「ああ、ばれた？」

オレもお茶を一口飲む。うん、冷たくて美味しい。

「やっぱ冗談っすか～、もう、一瞬ライト様ならって思っちゃったじゃないっすか」

「そうだなぁ」

おもむろに立って、魔導炉の魔核部分の裏側に手を置いて魔力を込める。

この部分は厚めに作っているので、熱は来ない。

オレの魔力に反応して、魔導炉の中の炎と熱が魔力を帯び、うねり始めて轟音を放つ。

空気の投入口から火の粉が少しだけ飛んできている。

「ジェシカ、空気送って」

「はえ？」

「そのふいごで風を送るの。それを踏み続けて」

「了解っす！　いかにも奴隷にやらせる仕事っすね！」

「何で楽しそうなんだ？　まあいいや。それ魔道具だから魔力込めながらやってね」

「うい⁉　こんな魔道具もあるんすか⁉」

「その方が何かと便利だから」

「やってみるっす！」

足から魔力を込めることを意識して、踏み込む。

「意外と、魔力使うっすね」

「ああ、変なタイミングで止めると風戻ってくるから、気を付けろよ」

「え？　なんすか？」

瞬間、風が逆流してくる。お約束である。

「あつっ！　あつっ！　酷いっす！」

「パンツ見えるぞ」

「うひゃあ！」

慌ててスカートを押さえるジェシカ。大丈夫、ギリギリセーフだよ。

声は聞こえないものの、残っていた少数のギャラリーから感嘆の声が上がった気がする。

「ほら、リアナに手当して貰ってこい」

「うう。ライト様の作業を手伝える服がないかも聞いてくるっす……」

「ついでにお茶のお代わりも頼む」

「了解っす……」

足を一通り撫でた後、肩を落としてジェシカが家に戻っていった。

なんか聞こえた後、入れ替わりでツナギを着たイリーナが出て来たので説教が始まったのであろう。

◇◇◇

魔鋼鉄とミスリルと炎竜の骨、それぞれが完全に溶けてきたので、炉の中にセットしておいた魔法陣を使い、綺麗に混ぜる。

熱され、液化したそれらが均等に混ざるのを確認できたので、放出口の栓を開けて器に流し込む。

器には長い持ち手が付いているので、そこまで熱くない。まあズボンもシャツも耐熱仕様だから、火傷の心配はないが。

放出口の栓の横にイリーナが立って、準備ＯＫとばかりに頷いたので、オレは合図をする。

栓の上についたレバーをイリーナが下ろすと、放出口から液化した魔鋼鉄の合金がダバダバと流れ出てくる。

それらを器で受け取り、下に準備しておいた枠に手早く流し込んでいく。

器を動かす度にイリーナがレバーを上げて栓を閉めるので、流れっぱなしになることはない。

「とととととと……」

まず金床の枠に流し込み、余った分はインゴットの枠に流し込む。

勿体ないからね。

インゴットは、別に誰しもが想像するような長方形である必要はない。

ただ再度加工する時に楽というだけである。

あとイメージの問題だ。

この辺りは魔法で誤魔化さずに手作業だ。

マスタービルダーとしてのスキルを使いながら作業をすれば、造形ももっと綺麗になるし、合金の合成純度も高くなるが、今回はそこまでする必要はない。

まあ溶かす時間とか、そういうのは魔力でゴリ押ししているから、本来の半分の時間で済ませているけど。

「イリーナ、もう大丈夫」

「はいです！」

汗も流れないので、イリーナは綺麗なものだ。

「出来たです？」

「冷えるのを待たないとだな」

オレはその間に、柵の仕掛けの部分に小さな木棚を設置した。

これには中の物を持ち出せないように、防御の魔法がかかっている。もちろん柵と同じように結界魔法もかかっているので、普通の人間には動かせない。

それらが分かるように。

一応看板も設置をしておく。文字が読めない人間もいるが、そこまでは面倒を見きれない。

棚の後ろ側がスライドドアになっているので、そこに冷えたインゴットを置いておく。

朝の作業からずっとこの場を動かずにこちらを眺めていたドワーフの青年がオレに視線を向け

たので、笑顔を返す。

　スライドドア越しなら声が届く。

　ドワーフの青年は、そのインゴットを手に取って目を見開いた。

　オレはその表情に満足。

「おい、待て！　待ってくれ！　これは魔鋼鉄のインゴットだろ！」

　青年の叫び声に、周りを歩いていた通行人が目を見開き、集まってくる。

「いや、それは魔鋼鉄とミスリル、それと炎竜の骨の合金だ。魔鋼鉄のインゴットという訳ではないぞ」

「合金だと⁉」

「魔鋼鉄だけだと、単純に魔力の通りのいいだけの重い金属だからな。同じく魔力の通りやすいミスリル、それと、熱した魔鋼鉄を叩きつけても簡単に変形しないように、炎竜の骨も使っている。今回は金床を作るのが目的だったからな」

「金床……」

「魔導炉で扱う金床もハンマーも、普通の物じゃだめだからな。流石にハンマーを一から作るのは面倒だから、元々持っているものを使うが、金床を作るのを見るのも勉強だろ？　書いてある通り、そこの棚からインゴットを持ち出すことはできないが、存分に見てくれ。多少なら魔力を流してみてもいいぞ」

「なんと……本当に、本当に魔導炉なのか」

「いやいや、いくらなんでも嘘だろう？」

「儂は朝からこやつの作業をずっと見とったんじゃ！　間違いない！」

「いや、お前が間違いないって言っても、魔導炉の現物が稼働しているの以前に見たことあるのか？　この都市には一つもないのに」

「うぐっ」

「人から見える位置で鍛冶なんかしている阿呆がいると思ったが、見ている人間も阿呆だったみたいだな」

「ははは」

この辺りは鍛冶職人が集まっている地区だ。こいつらもガタイからして、鍛冶を生業にしているように見えるが、流石に普通の人間で、かつ、目の肥えてない鍛冶職人には、オレの作ったものがなんなのか判別できないのだろう。

ふふふ、優越感優越感。

「明日から本格的に武器の作成に入る。暇があるなら見に来てくれ」

「もちろんじゃ！　明日も見ててよいのか⁉」

「今のところ壁を作るつもりはないよ。今日と同じく音は遮断するけどね。うるさいから」

「むう、明日は叩きもするんじゃろうな⁉」

「金床が出来たからね」

「ズルい！　ズルいのじゃぁ！」

「んじゃお休み」

棚裏の引き戸を閉めて、声も遮断する。

さて、明日以降はどうなるかな。

◇◇◇

「ダンジョン行ってくる」

「え？　いいけど……あれ、イド、その耳」

「道長くんも引っかかるなら問題ないね！」

「エイちゃんの実力なら、この程度余裕だね！」

ある朝、イドの耳が普通の人間の耳になっていた。

触ってもエルフ耳だと感じない。

「すごいな！」

「ちょっと……」

「あ、悪い」

「ん、言ってからやって。触っていいから」

「お、おう」

「　じー……　」

気軽に女性の耳なんか揉んじゃあかんね。失敗失敗。

「エイミーの幻術か。分かってても解けないな」

「私が近くにいればずっとこのままにできるから。流石に離れると何かの拍子で解けちゃうかも

だけど」

「じゃあエイミーも一緒に行くの？」

その質問に、珍しく魔導師のローブを着こんで小さな杖を持っているエイミーが、コクンと首を縦に動かす。

ダンジョンに行きたがるなんて珍しい。

「あたしも行くよ！」

「旧港町の店舗はお休みに致しました」

「ああ、いいよ。リアナもついてく？」

「マスターのご許可をいただけるのであれば、とは思っておりました」

「もちろんいいよ。みんなが怪我したら治してあげて」

「はい」

そこでオレはふと思いついたことを口にする。

「ジェシカも連れてって」

「へ？　自分もっすか？」

「イド、ジェシカの戦い方を見てきてやってくれ。イドならジェシカに適性のある武器や防具が分かるだろ？」

「問題ない」

「えーっと？」

「今後も旅に連れていく以上、今の兵士の鎧と剣と盾だけじゃ心もとないからな。同じようなのを新しく作るつもりだったんだけど、どうせならもっと良い物を用意してやらんとね」

「おお！　自分も武器とか貰えるんすか⁉」

「ダンジョンで役に立たないレベルの戦闘力しかない場合は、後方待機にしないといけないからな。危ない目に合うかも知れないし」

「ぐぬぬ、自分奴隷兵の部隊の中では上位の部類っす！　神兵様には勝てないっすけど！　あ、イリーナちゃん相手も無理っすけど」

「まあこんな感じなんで世話をしてやってくれ」

「分かった」

「セーナ、イリーナ。二人は留守番な」

「ええ、構わないわよ」

「あるじのおてつだいするー」

　セーナとイリーナまでいなくなったら、オレ一人だけになってしまうからね。

「昨日から既に注目が集まっている。この家を出入りするだけでも何かしら聞かれたり絡まれたりするかもしれない。十分注意してくれ。エイミーとリアナは、浮遊する絶対盾《フローイング・ガーディアン》を常に起動しておくこと」

　そう言って、魔法の袋から二対四枚の浮かぶ盾を二セット、八枚出して、エイミーとリアナの周りに浮かべる。

「イド、栞」

「ん」

「はいはい」

「みんなを守ってくれ。多少手荒になってもいいから」

「了解」

「もちろん！」

「エイミー」

「は、はい」

「頼むからやりすぎないでくれ」

「どういうことかな⁉　道長くん‼」

手加減を知らないエイミーは怖いのだ。

「リアナが抑えますから」

「リアナさんがいれば安心っすね」

リアナで抑えられるといいが……。

間話　絡まれるイドリアル

わたしの名前はイドリアル。

エルフの出稼ぎ組よ。

エルフっていうのは世界樹を守る一族の事。

人間と違い耳が尖っているのが特徴ね。他にも違いはあるけど、せいぜい力とか魔力が少し高いくらい。

「っと」

そんなわたしは今、人間を一人投げ飛ばしたとこ。

あ、二人の方にいっちゃった。思わずそちらに目を向けるが、エイミーとリアナはうまくしゃがんで避けてくれてた。

良かった。

笑って手を振ってくれている。

「まだやる？　そっちも武器出してるし、こっちも武器出すよ？」

栞が腰に差している短剣を叩きながら、こちらを睨みつけている男性に忠告をする。

「じょ、嬢ちゃん方、そういうつもりはないんだ。俺達はあの鍛冶師の男が何をやってるのか知りたいだけで」

「何してるんだろうね？」

「知らねえのか！　お前ら、あいつの女だろ⁉」

「あいつのだなんて、そんな」

　エイミー、顔を赤くするポイントが違わないかしら？

「ライトが何をするつもりなのかは、知らない。何をしたいかはなんとなく分かるけど」

「お、教えてくれ！」

「ダメ」

「なんでだよ⁉」

「ライトが教えていいって言わないから」

「あ、そうだね。そういえば聞いてないや」

「確かに、道長くんが良いって言わないと、私達も何も答えられないよね……」

「マスターには深いお考えがあるはずです」

　リアナ、深くはないと思うわ。

「そういう事だから、ダメ」

「っざけやがって……じゃあお前らを質にとってあいつをあの工房から……」

「あ、そういう事言い出しちゃう？」

「あ、や、その」

「ん、鍛冶師を自称するには大胆。実は盗賊？」

「そういう事なら加減はいらないよね？」

「そうね」

悪党は倒すとお財布が貰えるから嫌いじゃないわ。

「あの、あのお二人、すごく強いっすね」

「イドさんは知っての通りだけど、栞ちゃんもイドさんと並び立つくらい強いから」

「そのお二人を相手に勝利できるのがエイミー様でございます」

「そうなんすか⁉」

「ジェシカちゃん、いっつも驚いてるよね。気持ちは分かるけど」

「ライト様に貰われてから驚きの連続っす。ライト様やイリーナちゃんがやべぇとこは見ましたけど、お二人以上っすか……」

「私はそんなんじゃないよ……戦闘向きじゃないし」

「ご謙遜を」

「えと、じゃあリアナさんも？」

「リアナは戦闘補助の能力しかありませんよ。力も普通の人間より少し強い程度ですから」

「ほんとっすか？」

後ろで盛り上がっていてなんかズルい。

なんでわたしと栞がこんな弱者の相手をしなければならないのか。

先にエイミーに強い幻術を掛けて貰えば良かったわ。失敗ね。

「で、どうするの？　道、開けてくれない？　開けてくれないなら、武器使うよ？」

「そうね、面倒。自発的に道を開けたくしてあげようかしら」

栞にならい、わたしも武器に手をかける。

ほんの少し威圧を混ぜるだけで、集まっていた何人かは道を開けてくれる。

「おいおい、こりゃなんの騒ぎだ？」

そこにまた、新しい男が来た。

冒険者かな。中の上くらいの実力がありそう。

「デューイさん」

「おめえら、こんな女の子を囲んで何やってるんだよ。この街はいつから強盗の街になったんだ？」

「い、いや。俺達は話を聞きたかっただけで」

「それにしちゃナンパ下手すぎだろ？　まずは自己紹介から始めろよ。お茶に誘ってゆっくり距離感を縮めるもんだぞ」

「「ありえないわ」」

思わず声が揃ってしまった。

栞と顔を見合わせてしまう。

「ああ、俺も脈なしか……まあいいや。あんたら、すまなかったな。こいつらこう見えてまともな仕事についてる職人だ。相手の実力が分からない連中なんだ。殺さないでくれ」

「わたし達は迷宮に行きたいだけ。邪魔をしなければ、何もするつもりはないわ」

「でも喧嘩売ってきたのそっちだよ？」

「舐められっぱなしでは引けない」

「分かった、分かった」

デューイと呼ばれた男が、わたし達に頭を下げた。

「俺の頭で勘弁してくれ」

「……首を差し出すってこと？」

「こわっ⁉　イドっち怖いよ⁉」

「冗談。いらないわ、荷物になるもの」

この男の価値は分からないけど、周りが一目置いてるみたいだし、まあ良しとするわ。

それに、これから狩りなのに、首とか装備とか剥いでも邪魔になるもの。

男の肩を叩いて、わたし達は迷宮に向かうことにする。

「あ、イド様とエイミー様は先に冒険者登録しないとダンジョンには入れないっすよ！」

「先に言いなさい」

「いひゃいでふ！」

ジェシカの頬、結構伸びるわね。

第五話　おいてけぼりの鍛冶師

「ああ、やっぱ騒ぎになったか」

工房を出て行ったイド達が、少し先で絡まれているらしい。喧騒がここまで聞こえてくる。

「まあみんな美人だし、可愛いしね」

イドは見たまま美人の代表みたいな容姿だし、栞は健康的で可愛らしい。

エイミーはスタイルが良く、大きい胸が目を引くだろう。メイド服のままついていったリアナも注目を集めるはずだ。

ジェシカは兵士時代の装備のまま出て行ったから、他と比べれば目立たないが、口を開かなければそこそこ可愛らしい見た目だ。

「そんな女の子達を放って、オレは鍛冶の準備っと」

イドリアルと栞はあれだが、エイミーがいればとりあえず危険な目に合うとも思えない。

問題が起きるとすれば、ダンジョンに入った後に、感覚器官がないとんでもなく強い魔物が出た場合くらいだ。

そんな魔物が出るほど、危険な階層まで潜ることはないはずである。

「それで、ご主人様は何をするんですか？　お手伝いいる？」

「するー？」

「今日は魔法の杖でも作ろうかなって思ってる」

魔導炉がないと作るのに時間がかかるタイプの杖だ。

もちろん普段自分が作っているような、強力な武器ではない。ダランベールで言うところの、中級の冒険者が持っているレベルの物を作るつもりだ。

「剣じゃないんですね？」

「剣はあの見物人達に持たせるのが危なそうだからね」

イド達が騒ぎに巻き込まれている中、こちらにも視線を向けてくる一人のドワーフがいる。

昨日、魔鋼鉄のインゴットで興奮していた青年だ。

オレの視線に気づき、何か叫び始めたがこちらには届かない。

とりあえず手を振っておこう。

「金床出来てるかな」

「ご主人様が作られたんでしょう？　出来てるに決まってるじゃない」

「あるじにしっぱいはないですー」

ホムンクルス二人の期待が重い。

特にセーナはここのところ留守番が多かったからか距離が近めだ。寂しい思いをさせていたから好きにさせよう。

「じゃあ早速、金床を型から外すところから始めるかな」

型は地面に転がしたままになっており、そこに金床が入っている。その周りの固まった粘土を、ハンマーで軽く叩く。

粘土は火によって固まった状態だ。陶器のような感触を感じる。

それを無視し、ハンマーで砕いて中身を取り出した。

うん、絵に描いたような金床だ。

魔鋼鉄は黒く、光の加減によって少し赤味を帯びている。ミスリルの混ざった炎竜の骨のおかげだろう。

「綺麗な艶が出てますね」

「最初だけだけどな。何度か叩きを行えば、色合いは悪くなる」

炉の側にセットして、近くに椅子を置いておく。

セーナとイリーナの椅子だ。

「そこから近くに来ないこと」

「「はい！」」

オレは炉に火を入れて魔力を込める。

通常であれば火を入れてから最大温度にしたうえで、魔力を充満させるまでに半日以上かかる。

だがオレの専用魔導炉だし、魔力回路が色々とズルしてくれるのですぐに温度が上がる。

「ミスリルを中心に、水の魔石も砕いて入れておくか」

いろんな人間が触ることを考えると、火の魔法だけじゃ危ないからね。

ミスリルが完全に溶けきる前に、トレントの太い枝を削って、魔法の杖の柄の部分を作る。削りかすはセーナが箒で集めてくれたので、全部まとめて魔導炉に投げ込んでしまう。

「ねえねえご主人様」

「どしたセーナ」

「セーナね、最近イド様やエイミー様のお世話頑張ったの」

「ああ、助かってるよ。ありがとう」

オレはセーナの頭を……手をタオルで拭いてから撫でる。

「えへへへへ」

「イリーナも！　イリーナも！」

「今はセーナの番よ」

「そうだな」

普段からイリーナのことは撫でているから、こういう時はセーナを特別扱いしてあげると殊の外喜ぶのだ。

「む～～」

「セーナのご飯は美味しいし、いつも部屋を綺麗にしてくれているし、助かってるよ」

「そうなのよ、セーナ頑張ってるのよ」

へにゃりとした表情を見せるセーナだが、ある事に気いたようで、顔を赤らめて不意に立ち上がった。

「そそそそ、そろそろ家の中のことしてくるわ！　イリーナ！　ご主人様のことお願いね！」

「うー？　うん、分かった！」

大股で歩いて、家の中に避難していくセーナ。

外の音が入らないとはいえ、多数の視線にさらされていることに気づいたらしい。

「男共の視線が痛いぜ」

「せーねぇどしたのー?」

「気にしないでいいよ」

さて、魔法の杖を作りますかね。

◇◇◇

同じ型を使い、魔法の杖を三本仕上げる。

ある程度強度が必要なので金床でカンカンしておいた。

そして今度は、飾り棚に置いてあったインゴットの出番だ。

外の連中の視線と声を無視して棚ごと回収すると、インゴットをすべて魔導炉に投げ込んだ。

溶けだすのに時間がかかるので、その間にまた結界の窪みに別の仕掛けをしておく。

「何をしておるのじゃ?」

「今日作った杖を置いておくからね。盗まれないように鎖でつないで、その土台に杭を立てておくんだ」

先ほど作成した魔法の杖には、すべて大きめの穴を作ってある。

トレントの柄の部分と金属部分にそれぞれ穴を開けており、くっつけて中さごの部分に鎖を通すとそれぞれに絡んで移動させられないようにできるのだ。

「のう、ヌシ様よ」

「んー?」

なんだそのヌシ様って呼び名は。

「何をするつもりなのじゃ？」

「とりあえず、今のところ魔法の武具の量産かな。午後は剣を打つぞ」

「おお、剣か！」

「まあ、あんまり危険な属性を乗せるのも難しいけどな」

「剣なんじゃろう？　攻撃をするためにも必要に決まっておるではないか」

「それを扱わせる人間が未熟すぎる」

「なぬ？」

ドワーフの青年が目をぱちくりさせる。

「この都市自体が未熟で歪だ。ダンジョンから稀に出土される強力な魔法の武器、それらはこの都市の中でも、優秀で信頼されている冒険者や守人にしか渡されてないだろう？」

「当然じゃろう。年に数本しか出土せんのじゃから」

ドワーフの青年に合わせて、周りの人間も首を縦に振っている。

「つまりそれだけ、人間のほうが慣れてないってことだ。お前達鍛冶を生業にしている鍛冶師もメンテナンスなんかほとんどしたことないだろ？」

「まったくないとは言わぬが」

「そもそも魔法の武器なんか魔鋼鉄やミスリルが加工できなくたって作れるじゃねえか。なんでやらないいんだ？」

「……売れぬのじゃ。我らが削りや叩きのみで加工した商品は、作成に時間がかかるから、どうしても値段が上がっちまう。その分他の武具の作成に手が出なくなる。それではワシらは食っていけん」

「良い物に良い値が付くのは当然だろうが」

「それに、そうやって丹精込めて作った武器も、ダンジョン産から見ると霞む。誰も評価をせんのじゃ」

「いきなり上級のダンジョン武器を扱うのは危険だと誰も思わなかったのかね」

「それらを扱えると認定されるレベルの人間にしか渡されないのじゃ。まあヌシ様の言うように、魔法の武器を扱いきれずに死ぬ冒険者も数多くいる。武器が強くなったからといって、自分が強くなる訳じゃないのにのぅ」

「錬金術師と共同で作ったりはしないのか？」

「あやつらはポーションや解毒剤を作るばかりじゃぞ」

「いやいや、魔法武器の核の部分を作るのは錬金術師のメインの仕事だろうが」

「なんじゃそりゃ？」

「え？　マジで言ってるのか？」

「…………錬金術師とは薬師の事じゃろう？」

「医者やってる奴もいるな」

「なあ、この都市って錬金術師ギルドってあるか？」

「ないぞい」

「ないな」

「聞いたこともない」

マジか、この都市だと錬金術師が薬師扱いかよ。

◇◇◇

「ほんと、気に食わないわ」

「戦闘自体は面白かった」

「ここでのダンジョンのルールなんでしょ？　しょうがないよ」

不貞腐れているのは我が家の大盗賊、栞さんである。

ジェシカが耐えられる限りの深い層まで潜った栞達は、様々な魔物の素材を回収してきてくれたし、ポーションやマナポーション、解毒剤などの素材も多く回収してくれた。

しかし、それで不満を持つのが栞である。

「ぜーんぶ持ってかれちゃったんだもん！」

「ダンジョン潜る前に取り決めがあったから……」

栞が文句を言っていたのは、栞が自身の嗅覚で見つけた隠し部屋などのお宝である。

ダンジョン内で見つけたお宝は、通常は冒険者の懐に入るが、この都市のルールは違った。

一度冒険者組合に提出をし、鑑定士に調べて貰わなければならないのだ。そして品物の大半はそこで買い叩かれてしまうらしい。

ダンジョンの入り口を覆う建物に強力な結界魔法と、真偽を見抜く神聖魔法がかけられているようで、普通であればそれを掻い潜るのは不可能である。

たぶん、エイミーが本気を出せば欺けるだろうが、それを良しとしなかったようだ。

「結局何を見つけたの？」

「魔法の短剣と、容量の小さい魔法の袋、それと魔法防御の高い盾と、よく分かんない羽のアクセサリー」

「羽のアクセサリーか」

「そう！　可愛かったのに！」

「ま、まあ落ち着けって、似たようなの作ってあげるから……」

「ホント⁉　絶対だよ！　このお金使っていいから！」

ドン！　と金貨の詰まった革袋を机の上に載せる栞。

「このお金は？」

「鑑定士がアイテムに付けた査定のお金だよ。神聖魔法がかかってるところだから嘘はないと思うけど、一応あたしも相手に確認したから、正規のお値段が入ってる、らしい」

なるほど。隠し部屋のアイテムはギルド側で精算するシステムか。

「正直、ちょっと切れ味が良い程度の短剣に付く金額じゃないと思うわ」

「それだけ魔法の武具の価値が、こっちじゃ高いんだろ」

「ライトなら三分くらいで作れそうなものばっかりだったわ」

「そりゃ言いすぎだろ」

「そうでも、ないかな？」

「マジで？」

「「　マジで　」」

　栞とエイミーとイドが声を揃える。

「いやいやいや、あんなもんですって！　むしろ栞様の交渉エグかったんすから！」

「物品の値段だけで買い取られるところだったからね。安すぎて文句言うところだった。元の場所に戻してくるって言ったら値段乗せてくれたよ」

「どんだけ見つかりにくい場所にあったんだよ」

「栞ちゃん、すごいから」

「ふふーん、あ……」

　胸を張るでない。

　そしてエイミーの胸を見て凹むんじゃありません。

「でも、実際レベル低いよね、ここの冒険者。マジでダランベールに攻められたらあっさり陥落しそう」

「フリードリヒ陛下やシャル王子にその気がないのが幸いだな」

「イドっちだけで堕とせそう」

「ぶい」

「堕とすな堕とすな」

　後が面倒だ。

「そんで、ジェシカはどうだった？」

「おお！　聞くっすか⁉　自分の活躍をっ！」

「しょぼい」

「びみょー」

「が、頑張ってた、よ？」

「とてもマスターの守護を任せられる腕はありませんでした」

「エイミー様の優しさが染み渡るっす」

「まあドンマイだな。それで、どういう装備が合うと思う？」

その辺の目はイドが一番信頼できる。栞もエイミーも戦うことはできるが、イドのように戦いの専門家という訳ではないからだ。

「恐らく、騎士に似た戦いが一番合っていると思う。というか、そういう指導を受けてきてたんだと思う」

「ふえ？　そうなんすか？」

お前のことだろうが。

「ジェシカに指導をした人間が、そういう方向性に持っていったんだと思う。いずれは兵士から騎士に取り立てて貰うつもりだったんじゃない？」

「ああ、それはあるかもしれないな」

ジェシカは元は貴族だ。そして騎士は、貴族や貴族の血族が就く仕事だ。恐らくこの大陸でもそれは変わらないのだろう。

「確かに、隊長に個人指導を受けてたっす。自分の他にも、奴隷兵の中で何人か」

「イドが言うんだ、間違いないだろう。そうなると……」

「指導は無理」

「そうかぁ」

「でも基礎はできている。あとは装備と、心構え」

「装備はどうとでもなるけど」

「そこでどうとでもなるって言うのがすごいっすよね」

じーっとジェシカを見つめる。緑色の髪の毛が栄える装備にしてやるか。ゲームの戦乙女みたいな感じにするか。

いっそフルプレート？　いや、見た感じパワー型じゃないから、動きを阻害するのはマズいかな。

「えと、なんすか。恥ずかしいっすけど」

「よし、向こうの工房に行こうか」

「え？　え？」

「マスター、まず綺麗にしてからにしてください。全員ダンジョン帰りなんですから」

「そうだそうだー！　風呂はいらせろー！」

「そ、そうだね。なんだかんだ言って汗かいたし……」

「お風呂、いい」

「最近イドが一番お風呂気に入ってる気がする」

「……一緒に、入る？」

「や、流石にマズいっす」

「風呂だー‼」

「おあ、栞担ぐな！」

「栞ちゃん⁉」

「そうですね、たまにはマスターにご奉仕したいですし」

「リアナさん⁉」

「三対一」

「オレの意見入れようよ⁉」

「ジェシカの裸を見ればよりいい装備が作れるんじゃない？」

「セーナさん⁉」

「四対一」

「ふ、二人とも！　だ、だめだって！」

「却下」

「イドさんっ！」

「エイミーもジェシカも覚悟を決める」

「自分もっすか⁉　ちょ、抱えないで欲しいっす！」

「私も⁉」

「エイちゃんいかないの？」

「えるふぱわー」

この後、イリーナも加わり何故か全員で風呂に入る事に。

自分、ずっと目を瞑ってましたよ？

ホントっすよ⁉

◇◇◇

旧港町側の工房で全員一緒に風呂に入った後、のぼせたオレは体を冷やすべく外に出ていた。

既に夜となっているため、辺りは暗い。

もちろんじじい達が向こうにいるから明るい場所もあるが。

「あー」

何とも言えない声が出た。みんなの裸が目に浮かぶからだ。

エロい。

「道長くん」

「ああ、エイミー……災難だったな」

寝間着のエイミーがオレの横に座る。

オレもそれに合わせて座った。

「その、あの」

「あー、悪い。裸見たのオレの側だな、悪かった」

「ううん、いいの」

「良くはないだろ」

女性なんだから。

「昨日ね、栞ちゃんが部屋に来たんだ」

「そうか」

「イドさんと一緒に」

「……そうか」

栞のことを抱いたから、その話だろうな。

「道長くん」

「はい」

「えっち」

「……はい、ごめんなさい」

節操なくてごめんなさい。

「イドさんとの関係も知ってたけど、道長くんも男の子だもんって思ってたから……でも栞ちゃんもだなんて……」

「え、えーっと。その」

「道長くん、さ。き、聞いていい……かな」

「えっと、何を、でしょうか」

バクバクと心臓の音が鳴る。めっちゃ怒られる！　どうしよう、この魔王様をどうやって鎮めれば。

ダメだ、思い浮かばないっ！


「あの」

「はい」

「む」

「む？」

エイミーは顔を地面に向けて『む』を連呼している。

「むねの……大きい人は嫌いですか？」

「大好きですっ！　はっ⁉」

元気よく返事をしたら、エイミーが白い目でこちらを見てきた。なんという巧妙なトラップ。

「ふーん？」

「え、や、その、違くてね、そういう目で見られると悲しいんだよね？」

「じゃあ、なんでイドさんなの？」

「えっと……なんていうか、その……押し倒されました」

オレの答えに目をぱちくりさせるエイミー。

「その、最初は、工房に押し入られて、押し倒されまして……なし崩しに」

「やっぱりそうなんだ……」

「はい……」

情けない事にそうなんです。

「栞ちゃんもそう言ってたよね」

「栞は、なんというか。その……自発的にといいますか」

栞にも最初は押し倒されたけど、栞の言葉を聞いたうえで結ばれた。

イドとの初めての時とは違い、オレも栞を求めたんだ。あ、嘘です。イドとの時も燃え上がりました。

「そうなんだ……」

「そうなんです」

「……イドさんといい栞ちゃんといい、胸が小さいから、不安でした」

「はい？」

「昨日、栞ちゃんとイドさんに言われました。遠慮はもう、しないって」

「遠慮……」

「私がこの世界に来た時から。ずっとずっと、道長くんを追いかけてたのを、栞ちゃんは知ってたから……冥界で、いっぱい話したから」

「…………」

時間は、いっぱいあったんだろうな。

「栞ちゃん、ずっと我慢してたんだ。私が道長くんのこと、す……き、って、知ってたから」

「そう……」

「私と、同じで、戦う力、みんなよりないのに、頑張ってて、踏ん張ってて。格好いいなって、すごいなって、ずっとずっと追いかけて、たから」

「そうなのか……」

なんとなく惚れられているなというのは分かっていたけど。エイミーと時間を過ごすようになってから。生き返らせたからだと思っていた。

「私は、ね」

「お、おう」

「栞ちゃんにも、イドさんにも負けたくない」

「……」

「私は、道長くんが、す……好き、です。ずっと、ずっと。栞ちゃんよりも、イドさんよりも、前から。栞ちゃんよりも、イドさんよりも、道長くんが、好きです」

強く、オレの手を掴んで。でもオレの顔を見られない様子で、赤い顔のエイミーが言った。

「……ありがとう」

本当にありがたい言葉を貰ってしまった。

オレもエイミーの事は好きだ。でもそれは、恋愛としての好きなのか、仲間を好きという感情なのか、分からない。

「…………」

「…………」

なんと答えればいいか、考えてしまった。

「じれったい」

「ひゃうっ！」

「うえっ！」

いつの間にかイドがいた。

「ライト、何を悩んでるの？」

「え？　えっと？　答え？」

「ライトはエイミーを好きでしょ？　わたしは知ってる」

「えーっと、それはなんというか、仲間として好きというか家族として好きというか」

ああ、そうか。家族か。

「かぞくっ！」

エイミーの顔が更に赤くなった。

家族は、あれだね、飛躍しすぎてるかね。

「エイミーを、抱け」

「まさかの命令⁉」

「エイミー、手伝うわ」

「い、いどさんっ⁉」

「わたしはエルフ。子が出来にくい。だから栞とエイミーが子を授かるべき」

「いや、滅茶苦茶言うなよ？」

「ライトも私も栞もエイミーも家族。夫の子を皆で育てるのは普通の事。エルフは子が出来にくいから、その分、女は数で勝負」

「いやいやいやいやいやいやいや」

「わ、わたし達はエルフじゃないから」

「関係ない。ライト達は、いずれ自分の世界に帰ると言った」

「ぁ……」

「わたしは、一緒にはいけない。エルフという種族がいないらしいし、そもそも寿命が違いすぎるから」

「それは」

「だからせめて、ライトの子が欲しい。寂しくないように、たくさん」

「いや、ちょっとそれは」

「本当はライトに、すぐに妊娠できる薬を作って欲しいくらい。でもライトはそういうの嫌がるから」

「嫌ですよ！　そりゃあね！」

「だから回数で勝負」

「勝負って言い方はちょっと……」

エイミーさん頑張れ！

「わたしもライトに受け入れて貰えるか不安だった。でもライトは拒まなかった。栞もそう、次はエイミーの番」

そう言って、イドがオレに体を押し付けてキスを、『大人の』キスをしてきた。

「んっ。でもエイミーは、一人じゃ不安で押しつぶされそう。だから手伝うわ」

「えっと、それって……」

「二人で、ライトを喜ばせる」

エイミーの前で、イドは何度もオレの唇を塞ぐ。何か言おうとする前に問答無用で。

力が強いのよ！

「ここでわたしの手を取らないなら、んむ、もう誘わない。ちゅ、ライトの寝室に入ることも許さない」

その言葉にエイミーが体を震わせる。

「ライト、大人しくしてて」

「え、あー」

「栞とエイミーがライトを好きなのを、愛していることをわたしは知ってる。そして栞は勇気を出した。エイミーも勇気を出そうとしてる」

「それは」

「わたしはエイミーの、妹の幸せも願ってる」

「いもう、と？」

「ん、一番手のかかる、一番強い妹。もっと勇気を出して。エイミーの気持ちは、わたしにも栞にも負けてないでしょ？　それとも、わたし達の方がライトのことを愛してるのかしら？」

「ま、負けてないもん！」

「じゃあ、一緒にいこう」

「はい！」

流されないで！

「あの、オレの意けんむっ」

今度はエイミーに唇を塞がれた。

「わ、わたしは道長くんが好き。イドさんより、琹ちゃんより好き！」

「そんなことない」

「あるもん！」

「じゃあ証明してみせて。わたしより、ライトを喜ばせて」

「私の方が胸大きいもん！」

「いだだだだあああ」

イド、力入りすぎっ！

「良い度胸」

「負けませんっ！」

「や、イド。ホント離してっ」

「えるふぱわー」

「はこばんといてっ⁉」

運ばれました。

えーっと、うん。

「み、みちながくんっ！」

「エイミー！　助けて‼」

「な、な……」

「な？」

「なかに、おねがいします……」

「はい！　って、違うそうじゃない！」

詳しくは語れません。

エイミーの乱れ方はすごかったです。

◇◇◇

「えへへ」

「あの、エイミーさん？」

「はぁい？」

オレの腕を取って、朝から離れないエイミーを、栞とイドが睨んでおります。

リアナとセーナは親指立てて祝福しています。

イリーナ、お前はまだ分からなくていいからね？　あ、一緒に親指立てた。

「ちょっと歩きにくいから、助けて貰ってるだけですー」

「ほんっとごめんなさい！」

「みっちー節操なしだね」

「わたしのせいだけど、ちょっと腹立つ」

そう言いながらも、反対側の腕を取らないでください。

「あたしの場所がない……」

「イリーナでも抱いててくれ」

「ていっ！」

　後ろから乗りかかってきた。

「お、おい栞、おも、ぐえ」

「羽のように軽い！」

「そうっすね」

　栞自体が軽くても、体重掛けられたら重いに決まってます！

「んと、みんなくっついてるけど……」

「ダンジョン行こうよ！」

「え、オレも？」

「ん」

「デート……」

「デートかぁ」

　そう言って窓の外を見る。

　たくさんの冒険者がわらわらと魔法の杖で遊んでいるのが見える。とても外に出られる状況じゃなくなっているけど。

　あとすっごい睨まれてます。すっごい睨まれてます！　女の子囲っているからね！　羨ましいか！　うはははははは！

　結界内の地面に突き刺した魔法剣にも、手を伸ばそうと頑張ってる人いるし。

「あの騒ぎじゃ無理じゃないかなぁ」

「蹴散らす」

「ぶっとばすー！」

「で、でーとできるなら……私も本気を……」

「やめてあげてっ⁉」

幻術使いと侮るなかれ。エイミーが本気で幻術を掛けたら、そこらじゅうで同士討ちが始まるのだ。

以前、百体以上もの魔物がひしめくダンジョン内のモンスターハウスで、エイミーが試したら凄惨な状況になったんだ。

なんでも、お互いが人間に見えるようにしたそうで、殺し合い食い合い、数分でほとんど全滅し、瀕死の魔物が数体いるだけの状態に陥っていた。

素材の回収もできなくなるし、見ていて気持ちの良い物ではなかったが、嬉しそうに『できました』とか言われると、褒めることしかできなかった。

人間の五感どころか、魔物特有の感覚器官や魔力を感知する器官など、すべての知覚を惑わすことのできるエイミーは、本気を出すととっても危険なのである。

「今日も連中の前で鍛冶をするから、ダメ」

「今日で三日目だよね？　どうするの？」

「適当に大量生産して、一本づつオークションにかける」

「大量生産？　そんなことしていいの？」

「周りの領が力をつける前に、この都市に根付かせるつもりなんだ。この都市の上層部って見た感じ、この都市以外に手を伸ばす気がなさそうだから」

守人ギルドに所属している、この都市の防衛を担う人材が扱える程度の剣を用意しまくるつもりだ。流石に全員分じゃないけど。

ダンジョン産とは比較することもできないほどレベルの低い武器だが、普通の鉄や鋼鉄製の武器なら超える物をだ。

ただでさえ、外の領の方が人が多いから。

その上武器の質で負けたら、この都市はすぐにでも国に併合されてしまうだろう。

ただ単純に併合されるだけならいいが、その前に戦争になる可能性が高い。

負けるにしても圧倒的な敗北になれば、この都市自体が滅びかねないのだ。

外で気軽に魔導炉を公開したのはオレだが、結果としてこの都市を危険に晒している。

放置するのは寝覚めが悪い。

「随分、気前がいい」

「そこまでやって、この都市が停滞を選んだら知らないけどね」

しかし、工房の外では冒険者達が大騒ぎしている。

何かしら変化が起きるはずだ。

外音を完全に遮断した結界の中に身を躍らせ、鍛冶場に向かう。

昨日と比べると、注目度がすごいことになっている。

最前列には相変わらずのドワーフの青年。

家に帰ってないのかな？　髪がボサボサだ。

「さて、やりますかね」

守人の集団が来て、外の冒険者達と騒いでいる。こっちに向かってなんか叫んでいるけど、気にせずに新しい剣を作る。

昨日の夜は火を落とさず、魔鋼鉄とミスリルを溶かして混ぜておいたままだから、すぐに作業に入れるのだ。

普通だとそれぞれで打って、魔鋼鉄にミスリルをコーティングする形を取るんだけど、まあいいよね。

◇◇◇

「さて、そろそろ出かけるかな」

騒ぎを起こしている自覚もあるので、フル装備だ。

流石に籠手は付けないけど。

「あるじー、だいじょうぶ？」

「どうだろうねぇ」

「ついてく」

「ん、わたしも」

「わ、私も行きます！」

「あはは、ありがとう。じゃあイドは最後列、栞とセーナは荷台の左右で、エイミーはオレの横ね」

オレの言葉に全員が頷いてくれる。

「じゃあ、とりあえず荷台に積もうか」

結界を張るために設置しておいた世界樹製の柵の内側、そこには鞘も作らずに地面に突き刺したままの大量の剣、短剣、杖、槍。

ここ数日、オレが頑張った結果だ。

スキルをフルに使えばこれの倍以上の数が打てるが、とりあえず初回はこんなものだろう。

見た目はオレの紋章を付けた以外、ほとんど飾り気がない。性能も普通の鉄や鋼鉄製の物と比べて丈夫だったり、切れ味がよかったり、熱を持ったりといった程度の低性能の物だ。

それらを一本ずつ抜いて布で土を落とし、荷台に無造作に積み上げていく。

普段と違う姿に外の見学人達の間でどよめきが起こる。

「指、気を付けてね」

「だいじょうぶー」

最後の剣を積むと、荷台の上に布を被せてロープで縛る。

だっちょんを連れてきて、荷台にロープを回して馬具（鳥具？）に固定したら準備完了だ。

全員隊列を組む。イドはもちろん人間仕様だ。

ここで結界の遮音機能を切る。

ざわざわと声が聞こえてくる。ここのところ、オレが声に反応をしないと知れ渡っているからか、話しかけてこないのが幸いだ。

　注目は既に集めているが、オレは右手を上げてざわめきが収まるのを待つ。

　皆さんが静かになるまで、五分以上時間がかかりました。

「これから商業ギルドまで行き、オークションの手続きをする。出品物はこれらの武器だ」

「おお」

「まじか！」

「オークションか‼」

「そりゃすげえ！　すぐに仲間に連絡をっ！」

　ざわめきと歓声が入り混じる声が、辺りを包み込む。

　再びオレは右手を上げて、声が通るように周りが静かになるのを待つ。

「それ、いる？　声を拡張する魔道具使えば？」

「近所迷惑だろ」

「今更じゃないかな……」

　イドと栞からのツッコミが厳しい。

「邪魔する気のない者は道を開けてくれ。それと道中、邪魔が入るようならばオークションにも出せなくなるだろう。善意の護衛がいれば心強い」

「任せろっ！」

「うっしゃあ！」

「道開けろ！」

「邪魔だてめえら！」

荒々しい冒険者達は、荷車が通れるように場所を開けてくれる。

こいつら、イド達がダンジョンに入ったことも知ってるよな……。魔法の袋あるの気づけよ。

「ありがとう。それでは移動をする。そこの装備が豪華な人」

「あ？　俺か？」

「ああ、先導してくれ」

オレが指名した冒険者の男がニヤリと笑い、声を張った。

「いいぜ。分かった！　聞いたなお前ら！　Aランクが前方と後方！　Bランクは左右に展開だっ！　斥候職はランク関係なしに屋根の上からの妨害に警戒だ！　関係ねぇ奴らは、気になるなら後ろについてこい！」

「「「　おおおお‼　」」」

適当に声をかけた人だったが、そこそこカリスマ性のある人だったようだ。

彼の声で冒険者らしい人達が次々に動き出す。

「助かるよ」

「なあ、あんた、あれだけの武器が作れるんだ。オーダーメイドでも打てるんだろ？」

「もちろんできるよ」

先導を始める前に聞いてくる。

「だよな！　今度頼みたいんだが！」

「悪いが外様の人間でね、商売ができないんだ」

オレの言葉に苦々しい表情をする冒険者の男。

「面倒なシステムだよな」

「ああ、まったくだ。糞が……だからオークションか」

オレの言葉に冒険者の男が毒づく。

その後は黙って大人しく、商業ギルドまで先導してくれた。

そして先導される途中、新たな問題が発生する。

◇◇◇

「待て」

集団での移動だから元々ゆっくり動いていたのだが、先導していた男が手で制したので完全に動きが止まる。

その男が小声で教えてくれる。

「守人達だ」

オレ達の通行を妨げるように、眼前に多くの人間が展開している。

そして、オレ達が動きを止めるのに合わせて、一人の男が前に出てきた。

「私は守人ギルドのクラビッツだ。この騒ぎはなんだ?」

冒険者の男がオレの顔を見て、どうするかと問いかけてくる。

オレは一歩だけ前に出て、クラビッツと名乗る男に声を掛ける。

「オレはライトロード。外から来た錬金術師だ。商業ギルドにオークションの手続きをしにいくところだ。何か問題が？」

「問題ならあるさ。これだけの人数を引き連れて、人々が不安に思うだろう？　我々守人はこの都市の防衛が仕事だ。人々の不安を取り除かなければならない」

「オークションに出品すると言ったはずだ。当然運ぶものも貴重品。護衛もつけずにそれらを運ぶなんてありえないだろう？」

「なれば我らが代わりに運ぼう。商業ギルドまで運べばいいんだろう？」

「都市の防衛があんたらの仕事だろう？　余計な仕事を任せる訳にはいかないよ。ここにこれだけの守人が集まってること自体が、この都市にとっては損害だ。そもそも個人個人への護衛は冒険者の仕事だろ」

　オレは冒険者の男に問いかけた。

　男はニヤリと笑い、守人の代表者に顔を向ける。

「そうだな、こっちの仕事だ。それとも、あんたらがすべての護衛依頼を受けてくれるのかい？　都市を守るプロが守ってくれるってなれば、商人達は大喜びだろうさ」

　その言葉に、クラビッツは表情を厳しくする。

「では別の権限を発動させて貰おう」

　クラビッツが手を上げると、何人かの守人が前に出てくる。

「これより、強制検閲を開始する」

「検閲かぁ」

都市防衛を担っている以上、そういうこともしていいんだな。

「不審なものを運んでいる形跡がある以上、我々にはお前達の荷物を調べる権限がある」

「まあ武器って不審だよなぁ」

しかも数が多い。

「検めさせて貰おうか」

「護衛の皆さん、あの人達って守人で間違いないですか？」

「ん？」

オレは改めて冒険者の男に声を掛ける。

「守人の制服を着ているだけの不審人物じゃないですかね？　オレ、外から来たので判断できないんですけど」

「なんだと!?」

「ああ、確かに。名乗られただけで、身分証も何も提示されてねぇなぁ」

「ここで偽物に検閲されて、武器は危険だからって取り上げられたら、オークションにも出せないもんなぁ」

もうちょい煽ってみる。

「そりゃぁ問題だなぁ。おう、ここで守人の身分書見せられても、俺達ゃ真贋も分かんねぇ。守るしかねえぞ！　護衛対象を守らずして何が護衛だ」

「「おお!!」」

「都市の中でふんぞり返っている雑魚共が偉そうにしやがって！」

「冒険者にもなれねぇ根性なしをぶっつぶせ！」

「エイミーちゃんを守るんだ！」

「イドリアル様を守るんだ！」

「栞の姉御を守るんだ！」

「リアナ様をお守り致しますっ！」

「君達ダンジョンで何してたの？」

この場にいないのに守る宣言されているリアナ。

「えへへ」

「てへ」

「えーっと？」

後方や左右に展開していた冒険者達が前に出てきて、守人達に睨みを利かせる。

「武器なんざ必要ねぇ！　ぶん殴れ！」

「守人に反抗する気か！　取り押さえろ！」

「「「　おおおおおおおおおおおおおおおおおお‼　」」」

お互いの叫び声と共に、土煙が上がり、男達が正面からぶつかり合う！

冒険者だけじゃなくて、鍛冶師の人達も混ざっているけどいいの？

「冒険者舐めんなぁぁぁ！」

「鍛冶師も舐めんなぁぁぁ！」

「祭りだぁぁぁぁ！」

「ぶちかませぇぇぇぇ！」

いいか。

「これ、どうやって通ろうか」

「無理じゃない？」

「全部投げ飛ばせばなんとか」

「どうしましょう……」

「……収まるのを待つしかないかな」

守人の代表っぽい人がこちらを睨んでいる。が、こっちを先導していた冒険者の男にぶん殴られている。

一応籠手とかは外してあげてるんだね。優しい。

「お前ら！　道を作るぞ！」

「うおおおおおおお！」

流石に守人より人数が多いから、何とかなりそう。

「やべぇ！　応援がきやがった！」

「ちぃ！　こっちからもだ！」

「絶対通すな！　俺達は壁だぁぁ！」

流石に収拾つかなくなりそうだ。

「エイミー、お願いしていい？」

「いいけど、どうすればいい？」

「とりあえずオレ達の認識疎外を。イド、風の障壁で囲んで。面倒だから吹き飛ばしながら移動しよう」

「ん、いい案」

荷台を中心に、イドに障壁を張って貰い、守人、冒険者、鍛冶師関係なしに吹き飛ばしながら移動することにする。

誰かが吹き飛ばされるたびに、エイミーが不憫そうな視線を相手に向けているが、気にしたら負けである。

あ、ドワーフの青年が飛んだ。

◇◇◇

大騒ぎを起こしつつも、無事に商業ギルドまで到着。

オークションへの出品の手続きを行った。

職員の皆さんは頬を引きつらせながらも手続きを行ってくれて、当日のオークションの参加も許可された。

別段何かを買うつもりはないけど。

ギルドマスターのおばあちゃんが話をしたいと言ってきたので、その席に着いた。

「しかし長生きするもんさねぇ。魔導炉がこの街に出来るなんて、驚きだよ」

「そうなんですか？　他の領では古い魔導炉が残っていたと聞きましたけど」

炉の内部のひび割れと共に魔力回路が壊れてしまった物だ。魔力回路の部分的な補修は技術を必要とするから新しく作ってしまった方が楽なのである。まあその技術がなくなってしまったみたいだけど。

「この街はまだ百年程度の歴史しかないからね。黒竜王の襲来から人々が立ち直りつつも、新しい生活に馴染めなかった人間が、新しく出来たダンジョンの周りに集まって出来た街さね」

「ああ、なるほど」

それじゃあこの土地では、昔からの魔導炉っていう物自体がなかったのね。

「最初は村みたいなもんだったそうさ。まあそれはどこでも同じさね。そこからダンジョンの資源を使い徐々に大きくなっていった街。それがこのヘイルダムさ」

「なるほどね」

未だに拡張工事しているもんね。

「なんでもかんでもダンジョン任せで広がった街だからねぇ」

「随分と都合のいいダンジョンが出来たんですね」

ダンジョンの作成には確かディープ様の眷属達が関わっているはずだ。

「そうさね、少量だが魔法の武器や魔道具が産出されるから、外からの侵略には対抗できる。いや、できたというべきか……外では魔導炉をめぐってゴタゴタが発生してるみたいさね。なんでも今別大陸から来た人間がこっちにいて、魔導炉の技術をこの大陸にもたらしてくれたそうな」

「へぇ」

訝し気な視線をオレに向つつ、おばあちゃんが更に言葉を重ねる。

「一部の領では、以前のように技術の失伝を防ぐために、大々的に公表するべきだって言ってるね。逆に一部の領では国で独占するべきだって。技術をもたらされた領は今、注目の的さね」

「耳がいいね。国はどうするつもりなんだろ」

「そっちは流石に、結論を出すのに慎重のようさね。ただ、今まで倒すのが困難だった魔物と戦えるようになるのは大きい。魔武器の作成は急務だと思っているだろうさ」

「まあ普通に考えればそうだよな」

「今だに黒竜王の眷属が生きていて、縄張りを持っている土地があるからねぇ。そういう土地を人間の手に取り戻すことができればこの大陸は一挙に盛り上がるだろうさ」

「なんか言ってることと表情が合ってないですね」

大陸の明るい未来、そんな雰囲気の話をしているのに、おばあちゃんの表情は暗い。

「……はあ、魔導炉の技術。いくらで売ってくれるんだい？」

「ため息つきながら聞かないでくださいよ。そもそも売買はオレ、できないよ」

「そんなもん関係ないさね……このままじゃこの街は外に飲み込まれちまうのさ。あたしゃこの街が自由都市と呼ばれているのが好きだからねぇ」

このおばあちゃんは外の状況も知った上で、きちんと状況が見えているんだね。

「じゃあ最初に魔法の武具が必要な人達って誰だと思う？」

「そりゃあ守人だろうさ」

「実際に魔法の武器をオークションに出すけど、守人の人間に回ると思う？」

「金を持ってるのは冒険者と商人さ。守人には回らないだろうね」

おばあちゃんの表情は真剣だ。

「でも、守人の手に優先的に回るのも問題があるさね」

「あ、やっぱり？」

「ああ、守人の中には街を守るためなら手段を選ぶ必要はないって考えの人間も、やっぱりいるんさ。そういう連中に限って守人の中で力があるから厄介なのさ」

「今日会った連中がそういう連中かな？　名前……なんだっけか、検閲されそうになった。ぶったぎってきたけど」

「物騒なことはやめてくれよ？」

「大丈夫、善意の護衛が助けてくれたから。怪我人は多少出たかもしれないけどね。街の人間同士で殺し合いにまでは発展しないでしょ。大通りだし」

「だといいんだけどね」

　これから帰るのが大変そうだけど。

「魔導炉の普及はしてもいいよ」

「本当かい⁉」

「でもここの人間の技術レベルが道具に見合うかどうかだな。基礎ができていないと、とてもじゃないが魔導炉なんて大物の作成はできない」

「そうなのかい？」

「ああ」

　鍛冶師の中には何人か、オレのやっていることを見て理解できている人がいた。つまり、レベル的には問題なさそうだ。

冒険者達が中心の街だ。魔導士も問題ないだろう。

問題があるとすれば、錬金術師だ。

錬金術師は回復薬ばっか作っているとか訳分かんないこと言ってた。

これは問題だ。

「腕のいい錬金術師、それが問題だな」

「錬金術師、あまり表に出てこない連中さね。でも、マナポーションやハイポーションを作っているのなら何人か知っている」

「どうかな。錬金術でも魔道具の魔導核が作れないといけないんだ。魔物の素材から色々作れる奴に心当たりは？」

「……一人、いる。変わり者だが、ダンジョン産の魔道具の修理が出来る女が。あれも錬金術師を名乗っていたね」

「そいつの協力がないと、魔導炉の作成技術の継承は難しいだろうな。まあ魔導炉の完成品をいくつか販売することはできるから、そこから頑張ってくれ。でも魔導炉があっても、魔剣は出来るけど魔法剣と呼ばれる類の物は作れないぞ？　鍛冶師じゃ魔核は作成できないだろうから」

まあ、一部の才能がある人間なら作れるかもだが。

「……前向きに考えていいのかい？」

「魔導炉の技術の継承と拡大。それを約束してくれるのであれば」

「分かった。なんとかしてみるよ」

おばあちゃんがしっかりと頷いてくれる。

◇◇◇

大騒ぎの中を帰るのが面倒だったので、だっちょんと荷台を魔法の手提げに収納し、エイミーの幻術で別人に偽装して商業ギルドを脱出。

街全体に喧騒が波及しているものの、殺伐としているというより、浮わついた空気に近い。

それとエイミーの距離が近い。

「こいびとつなぎ……」

「栞、我慢よ。一応護衛しないといけないんだから」

「エイちゃんずるい」

「セーナがお守り致しますから、問題ありませんよ？」

「ほんと⁉」

「ダメよ」

後ろを歩くイドが厳しい。昨日のことといい、エイミーに譲っているんだろう。

「幻術に集中したいから、道長くんに寄りかかってるだけだもん」

「はいはい」

そういうことにしておいてあげますよ。

「それで、魔導炉の件どうするの？　教えられそう？」

「魔導核の基礎を教えてみてからかな。どうにも小さな魔道具ですらダンジョン産の物を使ってるらしい。そんで核が摩耗して使えなくなった魔道具は、外の領に高値で売ってるって話だ。外の領ではちゃんと補充されてたんだけどな」

「どうしてそんなことになっちゃったんだろ？」

「ばあちゃんの話から察するに、ダンジョンの力を誇示するためだったんだろう。ダンジョンで見つけた物は特別だから、ダンジョンがないといけない、ダンジョンから物を取り出さなければ生きていけない街にならないと、この街自体が生き残れなかったんだろう」

ダンジョンの魔物から出た魔石を、そのまま魔道具に使っているそうだ。

なんとも効率の悪い話である。そりゃあでかい魔石なんかが商業ギルドに転がっていた訳だ。勿体ない。

「もうあれよね。学校かなんかを作った方が早いんじゃない？」

「そんなもん作ったら、かかりっきりになっちゃうだろ。忘れてないか？　ここには補充をしに来ただけなんだぞ」

「道長くんが一番忘れてると思ってた。でも道長くん達が旅している間、あんまり一緒の時間が作れなかったから、私は嬉しいよ？」

「お、おう」

流石に照れる。

「エイミー、言うわね」

「エイちゃんぐいぐいいくなー」

「だって、昨日すっごい恥ずかしい思いしたもん。それと比べれば、はう……」

「えっちだ」

「えっちね」

「やめてあげて、可哀想だから！」

　可愛いけど。

「ライトもメロメロ」

「あたしの番ってある？」

「ん、次はわたし」

「ずるくない⁉」

「ずるくない。順番」

「それいつ？　何分後？」

「あさって？」

「長くない⁉　あと疑問形⁉　ずるいー！　ずるいぞー！」

「し、栞ちゃん。声まで消してないから落ち着いて！」

「むぅ、きょぬーがなんか言ってるし」

「きょぬーいわないで！」

　言いながら当ててこないでください。

「あれは強敵」

「確かに。ちっぱい同盟でなんとかしないと」

「……しおり」

「ん？」

「ごめん」

「謝らないでよ⁉　あんたもないでしょーが‼」

「形は、あるから。ごめん」

「むきー！」

「往来で胸の話で騒ぐんじゃありません」

恥ずかしいですから。

おいてけぼりの錬金術師

Oitekebori no Renkinjutsushi

本書に対するご意見、ご感想をお寄せください。

あて先

〒162-8540 東京都新宿区東五軒町3-28
双葉社　モンスター文庫編集部
「ている先生」係／「布施龍太先生」係
もしくは monster@futabasha.co.jp まで

ノベルス

おいてけぼりの錬金術師《れんきんじゅつし》③

2023年1月31日　第1刷発行

著　者　てぃる

発行者　島野浩二

発行所　株式会社双葉社
〒162-8540　東京都新宿区東五軒町3番28号
[電話] 03-5261-4818（営業）　03-5261-4851（編集）
http://www.futabasha.co.jp/（双葉社の書籍・コミック・ムックが買えます）

印刷・製本所　三晃印刷株式会社

[電話] 03-5261-4822（製作部）
ISBN 978-4-575-24576-9 C0093　

Mノベルス

祖母の残した錬金術道具を使い、錬金術に夢中になる少年スヴェイン＝シュミット。彼は5歳になったとき、『職業』を授かる『交霊の儀式』にて〝なにものでもない〟を意味する職業【ノービス】を授かる。それは、特に秀でた分野も苦手な分野もない不遇な最下級だと思われている『職業』だった。
しかし、〝なにものでもない〟とは〝なにものにでもなりうる〟ということ。実は【ノービス】はすべての才能をほんの少し持っている『職業』であり、努力次第で様々な力を手に入れることができる、とてつもない『職業』だったのだ！それまでの実績で職業が変わる10歳の『星霊の儀式』で目指すのは、【錬金術師】系統の職業。初級職しか授かれなかったため、実家の貴族家から勘当されてしまった少女アリアと一緒に日々研鑽を積むスヴェインだったが、聖獣たちを助けたことにより、その目標を大きく変えていくことになり……。少年と少女と聖獣たちが織りなす、〝なにものにもなれる〟物語、ここに開幕！

発行・株式会社　双葉社

Mノベルス

勇者パーティーを追放された
白魔導師、Sランク冒険者に
拾われる
White magician exiled from the Hero Party, picked up by S rank adventurer
～この白魔導師が規格外すぎる～
水月穹
ill. DeeCHA
「実力不足の白魔導師は要らない」白魔導師であるロイドはある日、勇者パーティーを追放されてしまう。職を失ってしまったロイドだったが、たまたまSランクパーティーのクエストに同行することになる。この時はまだ、勇者パーティーが崩壊し、ロイドが名声を得ていくことを知る者はいなかった――。これは、自分を普通だと思い込んでいる、規格外の支援魔法の使い手が冒険者になり、無自覚に無双する物語。「小説家になろう」で大人気の追放ファンタジー、開幕！
Mノベルス

発行・株式会社　双葉社